谋 爱

张挺 —— 著

人生，总得先谋生再谋爱

南方出版传媒

花城出版社

中国·广州

图书在版编目（CIP）数据

谋爱 / 张挺著. -- 广州 ：花城出版社，2018.12
ISBN 978-7-5360-8791-0

Ⅰ．①谋… Ⅱ．①张… Ⅲ．①长篇小说－中国－当代
Ⅳ．①I247.5

中国版本图书馆CIP数据核字(2018)第277325号

出 版 人：詹秀敏
责任编辑：陈宾杰　杨淳子　林佳莹
技术编辑：薛伟民
封面设计：

书　　名	谋爱
	MOU AI
出版发行	花城出版社
	（广州市环市东路水荫路11号）
经　　销	全国新华书店
印　　刷	佛山市浩文彩色印刷有限公司
	（广东省佛山市南海区狮山科技工业园A区）
开　　本	880毫米×1230毫米　32开
印　　张	9　1插页
字　　数	224,000字
版　　次	2018年12月第1版　2018年12月第1次印刷
定　　价	39.80元

如发现印装质量问题，请直接与印刷厂联系调换。
购书热线：020－37604658　37602954
花城出版社网站：http://www.fcph.com.cn

目　　录
Contents

初恋这件小事

"9 月 1 日，天气佳，有人在洗裙子吗？"

手机的短信铃声很合时宜地响起来，正好可以借此机会少看两眼对面黎总苍老的脸，尽管这个男人现在好像在和我谈恋爱，或者说我们目前连情人关系都靠不上。

每年的这个时候，刘远一定会给我发来一模一样内容的短信，提醒我和他多年之前在校园里的那场恋爱。多年之前的今天，我进入了一所陌生的学校，遇见了刘远，开始了一段孽缘。

对，就是孽缘，是初恋也是孽缘。也许每一段在校园中的初恋几乎都是一段孽缘，在对爱情懵懂无知的年纪开始，心惊胆战地维持着，战争绵延地进行着，不得善终。

和初恋情人保持暧昧，那是有闲小女生或者有钱大女人的专权，而无闲无钱的我则没有资格。我微笑地按下删除键，然后优雅地抬起头，看着黎总。因为我正在和他恋爱，所以我不可以分心太久，我一直微笑着注视他。谈恋爱也应该有谈恋爱的道德，让和自己恋爱的人感受到恋爱的快乐，这是我应尽的义务。

"小雅，你可以考虑一下我的提议。"抬头正好迎上黎总询问的目光。

我避开黎总的眼光，端起杯子喝了一口水，由于刚才分心看短消息，所以我不知道黎总提议的内容是什么。我只能不动声色，等待他自己继续。

"小雅，你也可以提出你的要求。"黎总继续充满期待地说。

我依然只能喝水。

"小雅，我知道结婚对于女孩子来讲很慎重，所以你可以慢慢考虑，希望不会太久。"黎总说完，把手轻轻地放在我的手背上拍了拍。

如果我的耳朵没有出毛病的话，那么我听到眼前的男人正在和我谈婚论嫁。

9月1日，真的是一个桃花日。这是中国各大学校开学的第一天，无数男男女女在这一天相遇，无数的恋爱在这一天产生。对于我同样如此，多年之前的这一天我遇到了我的初恋，而今天我又面临一个男人的求婚。求婚的场面，我曾经幻想了无数遍，却从来没有想过会是这样不经意的，甚至因为一条短信，我差一点错过。鲜花、钻戒、柔情蜜意的表白、王子，一样都没有。可是我依然感激黎总，都说求婚是一个男人对女人最高的赞美，之前那么多说深爱我的男人从来没有对我有过这样的赞美，而黎总却给了我。

"我愿意。"我毫不犹豫地说。

在我二十五岁生日的那天，母亲告诉我，二十五岁之后，女人不应该错过任何一个男人的任何一次求婚。

在我保守而又传统的母亲看来，我这样的单身女孩独自一个人在大城市闯荡，迟迟不谈婚论嫁简直就是一种叛逆。因为她二十五岁的时候，早已经是两个孩子的母亲。

而对于我来说，我只是想要在这个城市改变我的际遇，获得城市人身份的踏实。我不想回到我那落后而又闭塞的家乡，过着我母亲那样一辈子辛苦却又贫穷的生活。

我深深地知道我的这些想法是低级且物质的，也清楚地知道我应该为这些想法而深深感到羞耻，可是我又是如此地渴望将这些想法尽早实现。

我承认我有很多的贪念。我贪求富足温暖稳定的生活。我贪求有房有车有地位的生活。哪怕这房仅仅是几十平方米，哪怕这车仅仅是一个可以遮风避雨的四轮工具，哪怕这地位仅仅是这座城市里一张薄薄的户口单页。可是所有的这些"仅仅"实现起来却是如此如此地难，永远拒人于千里之外。有无数的人满怀希望地来，头破血流地离开。

为了改变，我愿意做一切努力：读书、工作、交际，包括辗转在各种男人之间。比起那些做情人的日子，和别人不清不白恋爱的日子，一段切实富足的婚姻对我来说简直就是一种奢望。可是，现在真的有一个有钱男人对我说，可以给我婚姻，让我在这个城市拥有作为女主人的身份，我有什么力量拒绝呢？就算这个男人年老体迈，就算这个婚姻是昙花一现的，我也心甘情愿。只要，我能够拥有那些温暖的物质就好。

更何况，黎总并没有那么糟。

更何况，就算他不给我婚姻，我也已经是他的情人。

更何况，说不定我能够和这个男人真心相爱、携手到老。

"小雅，这样很好。"黎总又轻轻地拍了拍我的手背。

很好，是的，这样很好。

我叫陆小丫，二十五岁。不过进入这座城市之后我决定不再使用那个土气的名字，现在我的名字叫尤雅。

我的丈夫黎昌盛，四十五岁，恒通建设集团董事长。

我和黎昌盛认识了一个月零四天，谈了一个月零四天恋爱之后，我以为我只是他的情人，他却请求我成为他的妻子。生活对于我是有幸，还是不幸？

我对黎昌盛的私生活一无所知，黎昌盛是否了解我也一无所知，可是这一切又有什么关系？童话中的灰姑娘又对她的王子了解多少？谁说我不会是又一个灰姑娘呢？

是的，灰姑娘。黎昌盛给了我一张黑卡，让我添置一些结婚需要的东西，我突然之间有了购买水晶鞋的能力。

"结婚？小雅，你不是开玩笑吧？你和谁结婚？顾其迖是李路迖是张家林？"艾艾在电话里的声音大到简直可以震破耳膜。

"黎昌盛。"我平静地说。

"哪来的黎昌盛？我怎么没有听你说过？是不是新认识的男友？哎哟，小雅你也老大不小了，不要做这种小女生的梦了，才认识几天就幻想和他结婚，千万不要被他知道了，说不定他在心里都会笑话你傻瓜，玩玩也就算了。"

"我们就在这个星期天结婚。你有没有空来参加我们的婚礼？"我必须很快地使艾艾相信这件事情，否则连我自己都觉得难以置信。

"小雅，你来真的？什么情况啊，等等，你马上出来与我碰面，向我详细汇报。"艾艾迫不及待地说。

"对不起，艾艾，我没有时间。我现在马上要准备婚礼，我们婚礼上见。"未等艾艾尖叫，我已经挂上了电话。

我不知道这是不是世界上最仓促的婚礼，我只有两天的时间，两天之内我必须把自己打扮成一个新娘的模样。黎昌盛说其他的一切我都不用操心，我只要收拾好我自己就可以了，包括婚纱、礼服、首饰等新娘所需要用的东西。但是仅仅这些就够我忙的了。

正当我要出门的时候，我看见艾艾的车已经停在了小区门口。

顾不得许多，我快步走近艾艾的车，一把拉开车门说："快送我去婚纱店，陪我一起挑婚纱。"

话音刚落，我的手机响起来了，是黎昌盛，我快速按下接听键。

"黎总，您好，是我，尤雅。"

"小雅，你在外面吗？忘了跟你说了，这几天你要是出门的话，我已经安排了一个司机跟着你，这会儿司机应该快到你家门口了吧。一会儿他会给你电话的。"黎昌盛说完就把电话挂断了，仿佛在对手下吩咐事情。

我条件反射地回过头，果然一辆奔驰车已经驶进小区，估计是黎昌盛的车。

才挂电话，手机又响了起来。艾艾也开始发动汽车，我打了个手势示意她停止。

"您好，是，我是尤雅。是，对的。你马上就能看到我了。"我拉开车门，走出去，朝着奔驰车的方向招了招手。

一会儿，奔驰车就到我眼前了。一位穿着黑色西服的中年男子，拉开车门朝我走了过来。

"尤小姐，您好，我是黎总的司机，我姓付。这几天黎总吩咐我为您服务。"付师傅彬彬有礼，让我觉得我的身份一下子变得高贵起来。

我看到艾艾的脸上布满了惊讶。平常出门都是挤地铁的我，突然之间有两辆轿车等着送我。也许太阳真的要从西边出来了。

"谢谢您，付师傅，我这边有朋友送我，您去忙别的吧。"我尽量使自己的态度看起来像个身份高贵的淑女。

"尤小姐，为您服务这是我这几天的工作，黎总吩咐我必须随时跟随着尤小姐，听候您的差遣，请尤小姐上车吧。"付师傅坚持着，一边打开了车门。

看着付师傅低头、弓腰、打开车门的姿势，刹那间，我明白了。随时听候差遣，也是随时跟踪监视。我现在已经不是陆小丫也不是尤雅，我是黎夫人，黎总的人。

不为难一个执行命令的工作人员，是一个现代人的基本品质。我准备迈步上车。

"等一下，等一下，小雅，你不能把我就这么丢下呀，我陪着你一起去，你等我把车停好。"艾艾在身后大声地叫道。

"付师傅，请等一下我的朋友，好吗？"我提出请求。

看着我上车，付师傅轻松地微笑着点头，帮我关上车门，接着打开后排另外一边的门。

艾艾一上车，就在我的耳边轻轻道："有大奔坐也不叫上姐们一起，你太不够意思了。哎，这个黎总是谁啊？难道不知道你要结婚了，还这么献殷勤。"

"我就是要和他结婚。"我笑着解释。

　　"啊？小雅，你够可以啊，你嫁了一个富二代啊！"艾艾朝我竖起了大拇指。

　　"不，是富一代。"我把艾艾的大拇指按了下去，朝付师傅方向看了看。

　　艾艾愣了一下，吐了吐舌头，赶紧坐好。

　　"那个谁，付师傅是吧？你现在把我们带到哪里去啊？"艾艾迅速换了一种主人的口气，询问付师傅。

　　对于怎样对待这些服务人员，早婚的艾艾远远比我得心应手。她们家的小保姆每天都把艾艾伺候得像个少奶奶，不敢有丝毫的怠慢。据艾艾自己讲，从结婚到现在短短三年，他们家的保姆都已经换了十几个了。从一开始他们先生老家过来的那个倚老卖老的亲戚保姆，到现在只听艾艾话的小保姆，艾艾经历了一段丰富的"保姆史"。有爱偷偷向婆婆打小报告的老保姆，有仗着专业身份欺负主人的月子保姆，有想要勾引她先生的外来年轻保姆，有又懒又馋的外地保姆。以前每次艾艾向我诉说与保姆斗智斗勇的故事时，我总是哈欠连天，但是现在看来，也许我要补上这一课，因为黎昌盛的家里好像不止一位保姆，但仅仅从刚才我和司机无意间的过招来看，我就不是一个善于应付这些的人。

　　"黎总说，尤小姐应该今天之内选好婚纱，虽然没有时间亲自陪尤小姐挑选，但是已经帮尤小姐和婚纱店预约好了。"司机依然是用那种恭敬的口吻回答，但是在我听来怎么感觉这么不容商量。

　　今天的行程已经安排好了，那么明天的行程也应该安排好了吧，也许我以后的行程黎昌盛都已经安排好了。

　　不，我不是在抱怨什么，这是我丈夫对我表现体贴和照顾的一种方式，照顾本来就是一种爱的禁锢。这就是我想要的那种富足温暖的生活，我应该感到有人重视和安排的幸福。对，我只是有一点点不习惯。

　　"黎总安排得可真是周到啊，可是你们家黎总知不知道我们小雅只看得中'云间漫步'家的婚纱？"艾艾又开始帮我出头。

　　"是的，我们现在去的就是'云间漫步'。"付师傅依然恭敬地回答。

　　我开始欣赏付师傅，这样专业谦恭的服务态度绝对有五星级水准。

　　艾艾有点意外，我也有点意外。"云间漫步"的婚纱动辄数百万，就算是租用一天，也是租金不菲的。我没有想到黎昌盛愿意对我下如此血本。都说钱是买不来感情的，可是为什么此刻我听到黎昌盛愿意为我如此花钱的时候，我的心里竟然涌出些许感动。

艾艾的眼神里流露出羡慕和落寞交织的复杂情绪。艾艾结婚的时候也非常想要一件"云间漫步"的婚纱，可是她先生只是一个有钱人家的少爷而已，没有可以支配大额费用的权利，她先生想要和家里人说，可是艾艾怕还未进门就背上一个"败金女"的罪名，最终还是放弃了。

艾艾不说话，我也不说话。奔驰车的性能又太好，车内几乎听不到发动机的嘈杂声，而付师傅除了该他说，不会多讲一句废话，车内一片沉默。

付师傅的开车技术超棒，等红灯时的刹车停和开车起步间，都非常稳当，不会让人感觉到一点点不适，不像是公车司机刹车起步之间都可以让人前仰后翻。

沉默间隙，我闭眼静候我接下来的命运。

我被震住了！

我没有想到"云间漫步"的里面比陈列橱窗还要美一千倍、一万倍！我就这样毫无抵抗地进入了美的殿堂。那些婚纱真是漂亮，有纯白色的，有粉蓝色的，有大红色的，有乳黄色的，有银灰色的；有吊带直筒式，有层铺式，有镶花式，有收腰的，有中式的。我敢肯定任何一个女人穿上任何一套都会变成仙女。任何一个女人看了这些婚纱都会有一种想要嫁人的冲动。

在我发呆之际，付师傅已经走进去和里面的一位前台说着什么。很快一位气质儒雅的男士从里面走了出来，微笑着走向我，向我伸出手来。他身后跟着一位年轻女服务员。

"您好，尤小姐，我是这里的设计师。"

我只能机械地握住他的手。

"因为您的婚期马上就到了，所以来不及定做，只能看看我们的一些成品，请这边来。"

"尤小姐，我在车里等您。有事您可以打我电话，电话号码您手机里有，就是我刚才打您的那个。"付师傅说。

我点点头。

我和艾艾跟随着设计师来到一间三面都是镜子的试衣间，里面有一排婚纱已经挂在那里等待挑选。

"尤小姐喜欢什么样的婚纱？如果不介意的话，我向您推荐几款我最新的作品，可以吗？"设计师问。

我连忙点头。

很快那位女服务员取来一件婚纱，为我试穿上。

我看到镜子里面有一位害羞的小仙女。

随之就听到艾艾在我身后的尖叫声。

这位仙女穿着一条白色的纱裙，领子是梅花形的，长至小腿，腰收得小小的，后面有一个大大的白色蝴蝶结，梅花领上也安安静静地停着几只精致的用水晶片缝制成的小蝴蝶，裙的下摆两边也停着两只水晶蝴蝶，袖子是中袖，正适合十月的天气，裙子的质料是一种透明的纱，外面罩着一层若隐若现的蕾丝。整条裙显得素雅、娴静却又不失高贵，把仙女衬得楚楚动人。

"小雅，你好美！"艾艾一把抱住了我。

我这才回过神来，镜子里的那个仙女就是我。

我简直太满意这件婚纱了。

可是我看到设计师却皱起了眉头。

"尤小姐，我们再试一下其他的好吗？"设计师问我。

"这条已经很好，我没有任何不满意。"我尝试表达自己的意见。

"可是这条婚纱太小家碧玉了，尤小姐穿着这条纱裙看起来像个美丽的小仙女。黎总吩咐我们要把你打扮得贵气一点、成熟一点，我们再来试一下另外一条，好吗？"设计师委婉地说出他的理由。

是的，黎昌盛已经是四十五岁的男人了，而我将是一个四十五岁男人的妻子，我不能把自己打扮成像一个十七八岁的小仙女。难不成我和黎昌盛挽着走向结婚礼堂的时候，要让不知情的人以为是黎昌盛要将他手中的女儿嫁掉而不是和手中的女人结婚吗？

我点了点头，同意换其他的。

更换的婚纱很快拿来了，我任凭服务员在我的身上摆弄。我想刚才那条婚纱一定是我最满意的婚纱，至于这条，能穿就行了。

可是我又一次被镜子里的自己吓到了。

镜子里的人比刚才显得要成熟好多，气质却也高贵好多。这是一条拖地的婚纱，长长的裙摆拖到门口还没有完全摆开，抹胸的设计极具性感，中间的腰部紧紧地收住，下摆突然灿烂地排开，一层层的蕾丝极具奢华，胸口和袖口还有蕾丝的底边都缀满手工缝制的、层层包裹着的玫瑰花蕾。

如果说刚才那条婚纱使我看起来像小仙女，那么这条婚纱使我看起来像一位高贵的王后。这样的两个梦，无论是其中哪一个，都可以叫任何一个女人奋不顾身地沦陷。

"这条婚纱还有一条配套的纱巾，纱巾是三角形的，配着婚纱的两端有两朵玫瑰花蕾，纱巾将用尤小姐的结婚钻戒扣住，斜斜地搭在您的脖子上。这将是本婚纱的亮点。"设计师在后面补充道。

还有亮点？这样已经足够，我还可以奢求更多吗？我怕我的微薄的生命承受不了命运如此的厚爱。

我又想到黎总求婚那天说的最后一句话：

小雅，这样很好。

而现在我想说，这样太好。

太好，太好。

奇妙的一天

坐在希尔顿酒店客房的地板上，我就像一个一夜暴富的人一样，看着眼前的华服礼品，茫然无措。

奔波了一天，忙碌了一天，挑选了一天，可是我却感觉不到半点疲惫。

我的眼前堆满了各种印刷精良的购物袋和包装精细的礼品盒。我不知道我自己究竟花了多少钱，在第一次付婚纱的账单时吓了一跳之后，我对各种账单上频繁出现的巨额数字已经无动于衷了。我只记得我不断地在信用账单上签字、签字。

我喜欢这种在账单上签字的感觉，潇洒、骄傲，甚至有点不屑。从开始恭敬地签下自己的名字，到后来名字越来越潦草，直至看不清自己究竟画了什么。

付师傅把我带到希尔顿酒店，告诉我今晚就在这里过夜，我平静地接受了。

有人服务，有人安排，有人带领，这就是我以后的生活。别的少奶奶不也是这样过的吗？我不是就想要这样的生活吗？

手机铃声打断了我的沉思。

"小雅，今天要买的东西都买好了吗？"黎昌盛在电话那头关心着我。

想必付师傅应该已经向黎昌盛汇报过了吧。黎昌盛应该比我自己都清楚我今天究竟买了些什么。

"是的，都买好了。嗯，谢谢。"我不知道此时我到底应该和黎昌盛说什么。我只能想到说谢谢，虽然会显得生分但是必须。

电话那头，黎昌盛的笑声弥漫开来。

"小雅，你先休息一会儿，过一会儿酒店会给你送来晚餐。你可以留你的朋友一起吃晚餐，但是我想吃完晚餐之后，她就应该回家了。稍晚一会儿会有医生过来。"

黎昌盛简直就是我万能的主，无所不知，无所不晓。连艾艾此时还在我这里，他都知道。可是他在说什么医生，医生来干什么？我还没有反应过来，可是黎昌盛的电话已经挂了。

艾艾还在那里清点我的战果,她在用手机计算着什么。

"小雅,你知不知道你今天一共花了多少钱?"艾艾瞪大眼睛看着我。

我茫然地摇摇头,应该吓不死人吧。

"七位数!"艾艾的声音都快要飞到隔壁房间了。

"小雅,你赶紧老实跟我说说,这个男人是你在哪儿找来的?泡妞可真舍得下血本啊!这才一天啊!我要是这样花钱,我那可爱的婆婆估计又得说,年轻人啊,不知道挣钱只知道花钱!就这么一点家产给你们败光后看你吃什么!"艾艾咬牙切齿地学起了她婆婆讲话,把我逗笑了。

"哈哈哈……"

今天,我好像还没有好好笑一笑呢,一整天都处于惊讶之中,都忘记了开心的时候是要开怀大笑的。

是的,黎昌盛是我哪里找来的呢?

不,我才是别人帮黎昌盛找来的。

我只不过是一个男人处心积虑送给另一个男人的礼物。

遇见黎昌盛之前，我的男人叫程嘉西。准确一点地说，程嘉西是我的老板。

老板，只要给员工发工资的就可以被称作老板。

而男人，只有被法律承认了之后，女人才可以理直气壮地说，他是我男人。

程嘉西给我每个月都发工资，几千块的底薪。而我们之间的男女关系，没有任何一条法律会承认，连我们自己都不会承认。我们一起出差，一起应酬，一起和客户周旋。

每次程嘉西都会这样介绍我："这是尤小姐，我的销售经理。"

我这个销售经理其实就是公关经理，其实许多时候，我只需要假装不会喝酒，看在那个男人的面上才第一次喝酒，然后又因为看得起这个男人"舍命陪君子"多喝了几杯，男人通常就会很高兴，男人一高兴自然也会多喝几杯，觥筹交错间男人的酒也喝好了，生意也谈成了。偶尔，我会利用女人的独特身份和那个需要被公关的男人，发两句嗲，说几句暧昧的话，很多男人就会得到满足，就会变得很好说话。再或者，陪着男人唱唱卡拉OK，跳跳舞，这就已经足够。

在生意场上周旋的男人，并不真的需要和每一个他看得上眼的女人上床。有时候只是过过嘴瘾，过过心理瘾，最多也就是偶尔假装无意地捏捏你的脸。他们都有自己的社会身份，其实心里看得上的女人并不多。就算看得上，也不会轻易动生意伙伴的念头。一则是太麻烦，要纯粹是生理需求也无需如此；二则怕入了圈套，最后美女没有到手还赔了生意。绝大多数时候，比起征服女人得到的快乐，男人更愿意征服金钱，得到权力。

因此，我这个销售经理只是一个类似公关的职业而已，正当而且没有高收入。每个月拿几千块钱而已。除非我能够谈成项目，然后根据项目的大小按比例提成。可是我从来没有拿到过提成。不是我不够努力，而是程嘉西所成立的仅仅是一个空壳公司，他所做的生意模式就是去上家谈拢生意然后转给下家，拿中间的差价。这种空手套白狼的游戏，现在市场经济日趋规范，已经很难做成。

程嘉西还在热衷着这个空手套白狼的游戏，是因为程嘉西曾经通过这样的模式发了财。这样的模式来钱又轻松又快，使他不再愿意通过自己的努力继续完成他的财富积累。而我之所以愿意陪着程嘉西玩着这个游戏，是因为程嘉西是我在这个城市立足的保证。我别无他法，这将又是另外一个故事。

好吧，在我从一个未婚女孩走向已婚妇女之前，我来整理一下我的前半生。

我前半生的名字叫作陆小丫。

和所有小地方出生的女孩一样，很早我便知道要离开家乡，必须通过读书改变自己的命运。但是改变命运说来简单，做起来却是那么难。尽管我万般努力，最后却依然只是在当地上了一所十八线的大学。

在大学里面唯一可以值得纪念的经历，便是我和大多数大学生一样谈了一场风花雪月的爱情，男主人公就是刘远。

大学毕业之后，我应聘进入当地的一个国有垄断企业做了前台服务员，而刘远则通过父母的关系被安排进了省城工作。我和刘远开始了异地鸿雁传书的恋爱方式。

我的工作除了满足客户的需求以外，还需要有温柔的语言和灿烂的微笑。微薄的工资和零升职可能，使得我对这份工作充满绝望。这份工作给我人生带来最大的好处是，让我具备了无懈可击的职业性假笑，让我在以后的人生路上无论遇到多么面目丑陋、令我反胃的人，我都可以很从容。

　　很快便到了春节，刘远从省城回来过年。半年的分离使得我们一见面就如胶似漆，再也不愿意分开。刘远在那时，突然生出了大男子的勇气，跑到我的家中拜见我的父母，公开了我们的关系，并提出要将我带离家乡，和他一起去省城。

　　也许是刘远的真诚打动了我的父母，也许我的父母可能觉得女儿这样也不失为一种好的出路。那年春节过后，我就随着刘远来到了省城。

　　刚到省城的日子，简直是颠鸾倒凤。白天刘远去上班，我则在家睡睡懒觉翻翻杂志看看连续剧。等到刘远下班，我一天的日子才算正式开始。刘远带着我吃遍省城的小吃，逛遍省城的商场，吃饱了逛累了便回家。回家就是一场缠绵，直至耗尽全部力气。

　　爱情润泽着我的身躯，也让时间加速疾驰。转眼，我到省城半年多了，除了对省城大街小巷变得熟悉之外，我一无所获。

　　甘霖润泽的日子，终有一天渐现出枯萎的端倪。我开始厌倦在家中做刘远幸福的小女人。我提醒着自己来到省城，并不仅仅是为了恋爱。于是我对刘远说，我想出去找工作。

　　刘远几经周折，通过他一位在报社当小领导的哥们，帮我弄了一份在某国际时尚杂志实习编辑的工作。那份时尚杂志成了我的一个平台，一个全面展现我能力的平台，一个全面提升我品位的平台。我收集着街头的时尚流行趋势，然后把这一个个细节装点到我的身上，偶尔摄影师会把我的服装搭配做成城市街拍，拍成照片传给总部刊登在当期杂志上，告诉人们，在这座城市有这些时尚元素正在流行。

　　我成了一个花瓶，一个时尚堆积的花瓶，我心甘情愿地做着花瓶。能够成为一个艳光四射、精美绝伦的花瓶，是每个女人的梦想。我享受着别人对我容颜的赞扬。我从一个小城市的灰姑娘，成了时尚女郎。

　　这一切，都是刘远给予我的。但是，此时的我不再专属于刘远一个人。那些霓虹衣裳等着我去眷顾，那些时尚派对等着我去参加，那些模特走秀等着我去采访，还有那些造就我缤纷美丽的男人等着我去应酬。

　　刘远意识到我的改变，他希望能通过激烈的争吵来唤醒我对他的在乎。当争吵无用的时候，又希望能够用对我加倍的好来告诉我，在这座城市他是我唯一可信的依靠。可是，那时的我已经身不由己，我唯一可以保证的是，除了我的时间以外，我的灵魂和肉体是完全独属于刘远一个人。可惜，他已经无法相信。

终于，刘远在我们的爱情路上，做了一个毁灭性的抉择。一天深夜，我带着精致的妆容和满身的疲惫回到我和刘远的住所，我看到曾经专属于我的刘远，怀抱里正躺着另外一名女子。刘远在用他实际的背叛，控诉着他对我的不满。他企图来用这种方式引起我对他的重视，可是我从来不是一个遇强则弱的女子，我性格里潜藏的坚硬，让我在这场爱情灾难面前，挺拔成一个独立的个体。

我用最快的速度离开刘远的住所，从此以后便没有回头。

离开刘远最初的日子，是无所适从的。天刚蒙蒙亮，清晨的薄雾还未有散，我就已经安排好当天晚上的活动。我像一只蝴蝶一样，轮流地盘旋在那些对我垂涎欲滴的男人的周围，却从不做最终的停留。我在玩着一个危险的游戏，我在挑战着那些男人耐心的极限。有男人会饶有兴趣地陪着我玩这个暧昧的游戏，也有男人迫不及待地用各种手段想将我俘获。在一次酒吧的约会中，一位年近半百的某品牌时装老板将他肥厚的大手伸入我的领口时，我就知道我应该停止这危险的游戏。

　　我选择用一个男人来结束我与这一群男人的纠葛。那个男人就是我们杂志社的美国摄影师麦克。

　　当时，我正在与同事策划一个时尚街拍专栏，如果能够按照我们的计划顺利做成这个专栏，我们将会在短时间内迅速在国内的时尚圈声名鹊起。这个专栏的执行，需要的不仅仅是美丽的容颜，更加需要的是风格奇特的摄影技术。因此我选中了麦克。麦克诡异并且华丽的摄影风格非常适合来帮助我完成这个专栏计划，说白了我希望利用麦克成名。美国大男孩麦克喜欢我已久，与那些老男人不一样的是麦克对我的喜欢是男孩特有的，是纯真的喜欢，当我告诉他希望他能够帮助我完成这个专栏时，他仿佛得到了赏赐一般欣然答应。他说他能够拍摄我这样的东方女子，是他的荣幸。现在想来，我也不知道我是否爱过麦克，只是觉得和麦克在一起，从身体到内心我并没有抗拒和犹豫。

　　那个时尚街拍专栏，最终却因为合作媒体的老总观念保守而搁浅。紧接着我辞去了时尚杂志的工作，那份工作对于我来说已经再没有任何可以挖掘的价值，我现在需要的是在省城有一个可以提升的平台，能够成就我自己的事业。

我又回到了起点。和刚来省城时一样，一无所有。不，也有不一样，那就是我的身边已经没有了刘远。而且"屋漏偏逢连夜雨"，那时我的房租又已经到期，那份杂志实习编辑的工作，看起来风光其实工资微薄，除去买回了几件华丽的衣裳，根本没有办法留下任何存款，我面临着露宿街头。

美国小伙麦克面对我的落魄手足无措。麦克平时的工资几乎是月月光，他唯一能够给我做的就是缩紧这个月的花费，帮我租了一个小屋。

那真是一个小屋，是我长那么大在真实生活中见到的最为寒碜、最为简陋的小屋！虽然离市中心不远却是在一个被城市所遗忘的角落。小屋在一个民居搭建的阁楼上，那个小屋在城市的繁华背后，算是二楼。到达那个小屋需要经过一个不到一米宽的阴森小巷，转弯要穿过一个摇摇晃晃的违章建筑，踩过一排吱吱呀呀乱叫的木梯，才能够艰难到达。

可是我依然要对麦克说谢谢，小屋虽然小但是毕竟让我在这个城市有了一个可以安身立命的地方。

住在小屋的第一夜，与麦克在那张旧木板上咿咿呀呀乱晃时，摸着麦克手臂上长长的汗毛，我真希望麦克有的不仅仅是他健美的身体，他还能够有百万存款。我真希望能够有一个男人用足够多的钱把我从这个城市的底层给拯救出来，即使他再丑陋、即使他年逾古稀，我都不会计较，只要他能够让我看到生活的微笑就好。

麦克对我的这些想法，完全不能理解。他觉得现在的生活简直完美到无可挑剔：有一个美丽的东方女友，有一份充满创意的工作，还有一个两人的共同居所。

无所事事、看不到未来的日子，我不要这样。我努力去找工作，可惜我除了容颜与身躯，我没有特别专业的技能，而太低微的工作我又不愿意屈就。在又一次找工作被拒之后，我茫然地来到了我和刘远曾经居住的地方。看到灯光下，刘远真实的模样，我放声大哭。

刘远又给了我似曾相识的温暖。我不知道这次是否与爱情有关。只是每次我和刘远云雨过后，我都要坚持回到我的小屋。刘远以为我在用我的坚持凌迟着他那天的错误，其实我只是怕某天夜里，刘远的门会又被突然推开，门外站着另外一个女人，一如那夜的我一样，在她的眼里我是那个偷情的女人。

刘远告诉我他没有女朋友，但是我不愿意真的相信，因为我看到了卫生间里的女性用品，我看到了刘远的杯子里有两把牙刷。只是这一切，我失去了询问的资格。

麦克发现我依然和刘远有联系，麦克像我一样，不容许爱情中有一粒沙子。爱情的纯洁度是麦克要求的最后底线，他要求我道歉。

我没有道歉，我告诉麦克我们还是分开比较好。麦克已经不像当初追求我那样，把我当作一位需要抬头仔细欣赏的东方女郎。对于他来说，我已经有了瑕疵。

麦克离开了，我没有打电话挽留，我把电话拨给了一个女人。

我打给了兰姐。兰姐原来与我在同一个杂志社工作，后来辞职开了一家公司，兰姐知道我走之后曾经打电话给我，让我去她的公司做公关经理。其实美其名曰公关经理，实则就是与各个客户周旋，再讲白了就是与那些当老总的男人周旋。我知道这意味着什么，所以当时我没有答应兰姐。可是今天，当我生命中的男人一一离去，我唯一可以依靠的就是我自己。往好处想，公关的工作，毕竟是一份可以自己掌握分寸的工作。我告诉兰姐，我愿意去她公司上班。

我又开始了与各种男人周旋生活。或许，我生来就是为男人而活，或者让男人为我活。在一次商务应酬中，我遇到了程嘉西。

程嘉西四十六岁，离过一次婚，有一儿一女，孩子都归前妻，长期生活在国外。据兰姐说程嘉西一向对女人比较大方。

程嘉西问我愿不愿意跟他去港市，到他公司工作。程嘉西说我这样漂亮的女人就应该去港市生活。

在我很小的时候，我就梦想着有一天能去港市。因为虽然我现在所处的城市是这个省的省会，但是它只是辐射了我们这个省的一部分和周边那个并不发达的省，而我们这个省的那些发达地区的人却都以讲和港市话一样的口音为荣，以港市的流行时尚为风向标，这些地区的经济也都受到港市的强烈辐射。

就这样，我和程嘉西走到了一起。

就这样我来到了港市。

就这样我从陆小丫变成了尤雅。我希望自己穷困、窘迫的生活能够就此结束，我希望自己能够在港市过上优雅富足的生活。

程嘉西为我在国际社区租住了一套单身公寓，里面冰箱、热水器、洗衣机等家庭设施一应俱全。同时程嘉西也承担了所有的水电煤气等费用。每当我走进我们小区，看到物管人员对我点头致意，我的内心就对程嘉西充满了感激。

程嘉西不与我住在一起，他和我保持着那种互不干涉的男女关系，就算偶尔程嘉西来我这里和我享受男女之欢，也一定会在当晚离开。程嘉西没有跟我提到未来，也许一次婚姻的伤害已经让程嘉西对婚姻丧失了兴趣。我知道，程嘉西不是我的最终归宿，因此在我遇到其他男人的追求时，我也没有完全拒绝。

每个月我的账户里都会收到程嘉西一万人民币的转账，那是我每个月的零用钱，包括房租和水电。这也算是我的基本工资加补贴。而我也很努力地为他公关，我希望能够通过这种方式遇见我生活的另一份改变。

这个改变现在看来，就是黎昌盛。

一场蓄谋已久的爱情

程嘉西的实力，是不可能结交到黎昌盛这样的朋友的，更加不可能和黎昌盛去谈什么生意合作。

但是程嘉西有程嘉西的本事，如果他有一百万他就有胆和李嘉诚谈合作，如果他有一千万就敢和比尔·盖茨谈企业并购。而黎昌盛毕竟只是黎昌盛，比起李嘉诚和比尔·盖茨来毕竟只是刚够小康水平而已，所以程嘉西有本事能够让黎昌盛认识自己。

"只有想不到的，没有做不到的。"程嘉西经常对我说。

那段时间程嘉西一直希望能够在北方各小县城插进一只脚。用先进地区的企业家身份去征服不发达地区，这是程嘉西的生意拓展理念。准确地说，就是以程嘉西的身份去骗那些穷地方的人民币。

早在改革开放之初，程嘉西就出国打工，积蓄了一点点钱同时混了个绿卡，然后以外商的身份一路杀回祖国。先是在香港注册了一个空壳贸易公司，然后回到港市，骗取不义之财，后来港市的市场开始规范，港市的人民不再对这些外商感冒之后，程嘉西又开着他那辆老皇冠，开始往省城骗，程嘉西在省城已经不怎么好做生意了，也许他最大的收获是把我从省城骗到了港市。于是程嘉西决定索性抛弃这种一步步退缩的生意模式，直接往北方小县城发展。程嘉西相信那些北方小县城连"西部大开发"的优惠政策还没有享受到呢，更加不用说是有外资进驻市场了。

"北方有那么多小县城，我一年做成一个小县城的一笔生意，就算我做到两百岁也仅仅是做了地图的一个角落而已。"程嘉西曾经得意扬扬地向我阐述他的宏大计划。只是程嘉西忘记了，不需要两百年，甚至不需要二十年，这些县城的经济以及人的见识和观念就会有很大的改变。

但是程嘉西的计划在短期内还是很有效果的。

程嘉西把那辆皇冠换成了一辆凯迪拉克，穿着像过去旧地主一样的丝绸唐装，挺着他略微发福的肚子，带着闪亮的大板戒，当然还有我。我时尚的打扮、精致的妆容给程嘉西的财富值无形中又添加了几分。每个小县城的当地官员都以为来了一个大投资商，很多地方甚至是书记、县长亲自出来接待，陪着我们吃、喝、玩，还带着我们去县城有特色的地方到处"考察"一遍，最后还让我们拿着许多当地的特产作为礼物。那些县城就像我的家乡一样，人民都渴望着能够富裕小康，而当地的父母官们也想尽一切办法，把每一个来考察的人都当作未来的财神爷，小心翼翼地陪着。最开始每当我看到他们卑微的微笑，讨好的口气时我都禁不住一阵阵心酸。但是时间一长，我就麻木了，因为，比起那些大道义来讲，我最需要解决的是我个人的生活，没有人会为我心酸。更何况，程嘉西只是想要从中捞一笔而已，并不是真的蒙骗，他也的确可以带来一些投资项目。

　　不知道程嘉西从哪里得知，恒通建设集团最近正想到北方的各级县城投资大卖场。于是程嘉西很希望能够参进一脚。程嘉西希望一方面他代表恒通集团去和当地政府谈合作条件，另外一方面又能够代表当地政府来引入恒通的资金。说穿了，程嘉西希望做一个类似恒通集团和政府之间的中间人角色。

这样的角色，一般都可以提到项目的全部资金的百分之三到百分之五的佣金。而一个县级市的大卖场全部投资就算最少也需要两个亿的投资。也就是说，程嘉西如果能够接下恒通建设的投资项目，就算仅仅做成一个卖场，至少也可以得到六百万的提成。而这些根本不需要程嘉西一分一毫的投资，仅仅是他两边跑跑而已。

"三年不开张，开张吃三年。"程嘉西决定这次要狠狠捞上一笔。

程嘉西决定不从旁边绕圈，直接找到恒通建设集团的董事长黎昌盛。

"擒贼先擒王。"程嘉西这样告诉我。

"可是我们怎么能够认识黎昌盛呢？"我很怀疑程嘉西是否能够结识黎昌盛。要知道黎昌盛是港市房地产界的风云人物，据说恒通的业务遍布全国，甚至国外都有他们的建设项目，每个月黎昌盛在本市待的时间只有几天而已，其余的时间在全世界飞来飞去，而且他还有各种政治活动要参加。仅仅从时间上来说，黎昌盛也没有时间来接见程嘉西。更何况从社会地位来说，黎昌盛更加不可能去见一个小公司的老总。

可是程嘉西不这样认为，程嘉西说："从人际关系理论上来说，任何两个陌生人之间最多只要通过六个人就会联系在一起。黎昌盛和我在一个城市，哪需要六个人，也许只要两个人就够了，就算需要通过六个人，那我也得把他认识了。"

执着并且相信奇迹，这是我从程嘉西身上学到的最大优点。

程嘉西研究了他所有的人际关系，发现他居然有个朋友和黎昌盛是同一所小学毕业的，于是程嘉西找到那个朋友询问关于黎昌盛在小学里的有关情况，最后居然意外地获知那个朋友的父亲就是那所小学的语文老师，曾经担任过黎昌盛的班主任，而黎昌盛就是当时的班长。而这位老师，教过的那么多学生中现在也就数黎昌盛最有成就，那位老师表示也很想念黎昌盛。

简直太顺理成章了，没有哪个人会拒绝一位恩师的邀请。在程嘉西的安排下，程嘉西让那位朋友的父亲邀请黎昌盛到朋友家里吃晚饭，同时出席的还有那位朋友，朋友的母亲，程嘉西还有我。

就这样，我和黎昌盛见了面。

那天黎昌盛是在我们之后到的。当师母给他开门的时候，我看到一个中年男人，穿着一件长袖黑色 T 恤，一条亚麻色的休闲裤，一双休闲鞋，头发似乎刚刚洗过吹干，有着干净的蓬松感，全身上下只有一只手表作为配饰。

他的手里拎着两个礼品盒，在说："师母好。"

原来眼前这个男人就是黎昌盛。可是我没有想到黎昌盛会是这样的穿着。在我的印象中，有钱人都会比较张扬他的财富，就像程嘉西那样，从头到脚无一不在显摆着他的财富。但是黎昌盛的外表却显得过于干净简单，如果不仔细注意那些衣服的品牌，会以为他只是一个外企里面的白领而已。相形之下，程嘉西就像一个暴发户。

更可贵的是，虽然黎昌盛比程嘉西看起来年纪要大一些，但是身材却没有丝毫的走形，健康并且挺硕，反而是程嘉西的肚子已经悄悄漫了出来。

说实话，我有点意外。这样的黎昌盛站在我的面前，我实在无法相信那就是实力雄厚的恒通建设集团董事长。

不过这样的黎昌盛不会让人有距离感。至少不会让这个聚会因为他的特殊身份和财富，而变得拘谨。

那顿晚餐吃得其乐融融，黎昌盛像个还没有长大的孩子一样，和老师回忆着他调皮的过去，黎昌盛说这些年来他也非常想念老师，只是工作太忙就疏忽了过来拜访。黎昌盛为了表达他浓烈的歉意，向老师敬了好几杯酒，当然也和同桌其他人喝了酒。喝了酒，在那位朋友似乎不经意的提示下，黎昌盛和程嘉西交换了名片，我也得到了一张黎昌盛的名片。

程嘉西的名片对于黎昌盛来说，并不重要。但是黎昌盛的名片对于程嘉西来说，简直太重要了。得到这张名片就得到了黎昌盛的联系方式，也等于触摸到了那两个亿工程的一角。

那天晚上刚离开那位朋友的家，程嘉西就对我说："小雅，明天早上就打电话给黎昌盛，向他问候一声。"

问候一声。

我的情人说让我向另外一个男人问候一声。

至于怎么问候，如何问候，这就是我的事情了。

不要小看这个问候，问候也有问候的学问。我开始着手设计着如何才能把黎昌盛问候好。

只是我自己都没有想到，我这一问候就把我问候成了黎昌盛的妻子。

所有成功男人都有他成功的道理，黎昌盛也不例外。

早上刚过八点，我就打开手机给黎昌盛打电话。

八点，这是恒通建设集团所规定的员工上班时间，我之所以选择这个时间，是想让黎昌盛不要对我的电话产生警惕，在上班的时间给他打电话，只能表明这是一个正常的生意上的问候电话而已，女士向男士主动打的第一个电话应该尽量避免其他含义的嫌疑，尤其是暧昧的嫌疑。女人永远要记得在男人面前保持矜持，暧昧也要暧昧得漫不经心，而第一次的直接接触就传递暧昧的信息，除了让女人自贬身价别无其他积极意义。

不过请不要以为我是特意等到黎昌盛上了班之后才给他打电话的，我所说的八点只是黎昌盛员工的上班时间，并不是黎昌盛一定会在八点上班。事实上我并不希望这个时候黎昌盛已经上班，我根据昨晚他喝的酒来判断，这个时间的黎昌盛绝对还没有酒醒，他应该还在床上头疼欲裂。

而之所以我选择用手机打电话给黎昌盛，而不是用座机打给他，是为了强迫黎昌盛的手机中能够存有我的电话号码。尽管昨晚我也给了黎昌盛名片，但是一般来说这样的名片最终会被黎昌盛的秘书整理进名片夹束之高阁，没有被扔掉已经是万幸。所以我必须再一次给他我的手机号码。

现在我只祈求黎昌盛的手机没有关。

"嘟——嘟——"手机只响了两声，就被接听了，这多少让我有点意外。

"您好，哪位？"电话那头黎昌盛的声音，沉着而又平静，一点都不像是从睡梦中被唤醒。

"黎总，您好，我是尤雅。"不知怎么，面对黎昌盛的平静我反而变得有些紧张。我还在猜测黎昌盛是已经醒了，还是被我吵醒的。

如果说是黎昌盛已经醒了，那么他的酒量未免有点太好。如果说黎昌盛是被手机叫醒的，那么在这么短时间内接起电话并且完全摆脱睡梦的困意，那么这个男人的意志力未免太好。

无论是哪一种，这个男人都让我吃惊。

"是尤小姐啊，昨晚很高兴见到你。"黎昌盛居然知道尤雅是谁。

"没有别的事情，就是想跟您打个招呼。昨晚让黎总喝多了酒，真是不好意思。我很抱歉，希望没有影响到你今天的工作。"

"我已经上班了，请尤小姐放心。昨晚我很开心，尤小姐说抱歉，我可不敢当啊。"黎昌盛的话收放自如。

我知道我不可以更进一步套近乎了，我应该结束这通电话。

"知道黎总没有事就好，不打搅你工作了。再见。"

"等一下，尤小姐，能不能问一下你是哪一年出生的啊？"挂电话之前，黎昌盛突然莫名其妙地问我这个问题。

我愣在那里，不知道黎昌盛的用意。

"对不起，我知道女士的年龄是不应该问的，如果冒犯了尤小姐，我收回我刚才的问题。"黎昌盛听到我没有接话，连忙说。

"哦，没有关系。我是 1994 年出生的，属狗，黎总为何问这个？"我连忙回答道。

女士的年龄不该问，那是对不愿意让别人看出岁月痕迹的女人们而言的，年轻的女孩们不仅不害怕被人问她们的年龄反而愿意张扬她们的青春。而对于我来说，我不老但是也不再年轻，但是黎昌盛问我这个问题，我绝对很愿意回答。

"尤小姐不仅年轻，处事也很大方得体啊。很好，很好。我们后会有期。"黎昌盛夸了我几句之后，就挂了电话，也没有说为什么问这个问题。

不过我也没有多在意，事实证明很多成功人士的想法和见识与常人是不太一样。

这通电话，让我对黎昌盛的好奇和敬佩更加深了一层。

我向程嘉西汇报了我对黎昌盛的问候之后，程嘉西这样吩咐我："多多和他联系，想尽一切办法和他多多联系。"

对于黎昌盛询问我的年龄，程嘉西意味深长地说道："弄清楚年龄才好相处啊。小雅，你知道的，这笔生意对我很重要。最好黎昌盛能把所有的工程代理都给我去做，哈哈。"

我当然知道这笔生意对程嘉西有多重要。

重要到程嘉西愿意让出他的女人，你说有多重要。

不，我又说错了。我不是程嘉西的女人，我顶多只是程嘉西的一个情人。情人又算什么呢，如果一个情人能换来财富，那么让出又如何呢？有了财富，程嘉西可以再找一个情人，甚至再找十个情人。世界上可以做情人的女人多的是，但是发财的机会却稍纵即逝。

"程嘉西，你高估我了。"我摔下这样一句话离去。

我没有想到当天的傍晚，黎昌盛居然就主动打电话给我。

接到电话的时候，我正在泡澡。手机正在浴缸边上，我看都没有看就接起了电话。一般这个时候除了程嘉西，就是我在港市结交的俩死党艾艾和媛媛给我打电话。

"喂，又有什么事？"接过电话，我毫不客气地说。

不管是程嘉西，还是艾艾和媛媛，泡澡的时候，我一概都不想受到打扰。

人生的任何一点乐趣，我都要加倍珍惜。

"是我，黎昌盛。尤小姐，我没有打扰到你吧？"黎昌盛听了我的口气，犹豫地说。

黎昌盛。真的是，黎昌盛。

他居然主动给我打电话来了。

我猛的一下从浴缸里站起，却因为用力过猛又滑了下去，我重重地顺着浴缸底面摔下去，一阵撕裂的疼痛弥漫开来，我忍不住"啊——"的一声叫了起来。

我的手机却被我紧紧抓在手里，不敢松开。我的尖叫声通过手机传到了另外一边。

"怎么了，尤小姐？"黎昌盛不知道发生了什么，紧张地问。

我强忍住疼痛，说："不小心在浴缸滑了一跤。"

"对不起，尤小姐，我不知道你在洗澡。要不要紧？你家里还有其他人吗？"黎昌盛冷静地问我。

"没有其他人。我一个人住。不过不要紧，黎总你不要担心了。"我强作镇定。

"尤小姐，你拿好手机，来，你试一下能否站起来。"

黎昌盛在电话那头指挥我。

我努力地想站起来，却发现盆骨使不上劲，再一次滑倒。

黎昌盛听到了我这边的动静，忙问："站不起来是吗？好，尤小姐，你现在躺在浴缸里不要动，我马上找一位医生和护士过去。请告诉我你现在的地址。"

"没事的，黎总，我不要紧的。请问您有什么事吗？"我没有忘记问黎昌盛这通电话的缘由。

"这个以后再说吧，你按照我说的做，十五分钟之后医生会过去，可是你现在不能开门，有什么其他的方法吗？"黎昌盛的口吻不容否定。

我想了一下之后回答："嗯，在我门口的地毯下面还有一把钥匙，我怕有时候找不到钥匙，在那里备了一把。地址我马上发到你手机上。"

其实门口的地毯下面根本没有钥匙，我现在所要做的是马上打电话给程嘉西，让他在黎昌盛到来之前把在他那儿的备用钥匙放到门口的地毯下面。

"好，尤小姐，我先通知医生，你忍着一点痛，我一会儿再打给你。"

黎昌盛挂了电话之后，我立即打电话给程嘉西。程嘉西帮我租的这套房子离程嘉西的公司和家都不是太远。一开始，程嘉西也是为了来往方便才选择了这里，没想到却会帮上这样一个忙。

幸好，程嘉西没有去别的地方，他在自己的家里准备陪孩子们吃晚餐。听到黎昌盛主动给我打电话，尤其听到黎昌盛很快就要带医生过来看我，程嘉西简直高兴坏了，根本没有顾得上问一问我究竟摔得严重不严重，程嘉西说他马上把钥匙送过来。

程嘉西把钥匙放到门口的地毯底下就立刻走了，他怕碰上黎昌盛，怕让黎昌盛怀疑我和他之间的关系。

黎昌盛果然守时，十五分钟刚到，我的手机就响了。

"尤小姐，是我，我们现在在门口。可能不方便，我就不进来了，我带来的是女医生和女护士，她们两个人进来。"接着黎昌盛就把电话给了一个女医生，女医生跟我说了几句话就挂了。

门被打开了。我听到了脚步声，接着浴室门被推开了，是女医生和女护士。她们帮我披上浴袍，扶我上床检查。

检查的结果并无大碍，只是当时尾骨摔得有点痛而已，并没有其他。医生说尾骨的疼痛可能要持续几天，贴几副跌打损伤的药膏很快就会好，只是走路的时候会有点疼。

医生护士检查完之后给黎昌盛打了一个电话，就告辞离开了。

而黎昌盛也没有进来。

程嘉西知道那天黎昌盛没有进门之后，表现得很遗憾，嘴里一个劲地说："他怎么就不进门看一看你呢，怎么就不进门呢？"

而我假装没有听见。

因为这次的事情，我对程嘉西有了说不出的厌恶，而对黎昌盛的君子作风有了深深的好感。甚至我想过如果忽略年纪的差异，我更加愿意成为黎昌盛的情人。

这只是我想想而已，就算我愿意，黎昌盛又凭什么会选择我做他的情人？

但是，我很愿意一试。

程嘉西不是很希望我能够和黎昌盛发生点什么吗？

那就发生点什么吧，也许这就是我离开程嘉西最好的时机。

程嘉西不是说过的吗？只有想不到，没有做不到。

现在我想成为黎昌盛的情人，那么就请让我做黎昌盛的情人吧。

约 会 之 夜

因为那次摔跤，我和黎昌盛的联系自然多了起来。当然这些联系，我都没有向程嘉西汇报。

黎昌盛每天都会问我恢复的状况，顺便聊一下其他的话题。但是黎昌盛的电话每天也只打一个，从来没有打过两个。每个电话也不长，绝对不会超过三分钟。

黎昌盛也一直没有提出过要见面，一直到我摔跤之后的第十天。

那天一大早，我还在睡梦中，黎昌盛的电话就打了进来。我拿起手机，看了一下来电显示，然后接起电话。

自从那次在浴缸摔了一跤之后，无论什么时候手机响起，我都会先看一下来电显示，确定来电者的身份，然后才接起电话。

看到是黎昌盛的电话，我的睡意一下子就消失了，所有的精神都集中起来。

"喂，哪位？"我依然假装刚被手机吵醒，用一种在睡梦中刚醒来的娇嗔音，呢喃地问道。我知道女人在似睡非睡之间的声音是最具性感和诱惑力的。我需要假装无意地这么做，我要给黎昌盛传递一种可以让他心动的致命诱惑。

这完全不同于我平时接电话的风格。

平时接电话，我都会尽量让自己吐字清晰，措辞礼貌。我接电话的第一个单词一般都会是"您好"，很少会用"喂"，除非是对非常熟悉的人。

果然黎昌盛以为我还在睡觉。

"尤小姐，是我，黎昌盛。打扰你休息了，很抱歉。"

"啊，是黎总。能被您打扰我很荣幸啊。有什么指示呢？"九天的通电话结果，就是让我们彼此稍微有点熟悉，可以开开一些无伤人雅的玩笑。

"尤小姐，今晚有空吗？我想邀请你一起吃晚餐，表示一下我那天的无心之失。"黎昌盛郑重地发出邀请。

"今天晚上啊，请黎总稍等一下，好像今天晚上公司有个会议，不过我不确定，你等一下啊，我去翻一下日常安排。"说完未等黎昌盛回答，我就假装起身，把手机放在一边，让手机里的人听到我寻找的脚步声。

其实哪有什么会议安排，就算真的有会议安排，程嘉西若知道是黎昌盛约我也绝对会放我走的。我这样做只是想要表现得不那么迫不及待，欲擒故纵。

"哦，黎总，我记错了，会议是在明天晚上。"我拿起手机对黎昌盛说。

"很好。尤小姐，那么今晚七点半，我们在国际大酒店顶楼凯旋厅准时见，需要我派人来接你吗？"

"谢谢，不需要，那我们到时候见吧。"

挂上电话，我立即看了一下时间，八点零三分，这表明，这个电话是黎昌盛今天上班之后打的第一个电话，如此卡着时间打，想必这个电话黎昌盛已经计划了很久了吧。

想到能够让黎昌盛邀请我吃晚餐，并且如此慎重地计划亲自打电话邀请，我的心情实在是愉快极了。

直觉告诉我，今晚的晚餐只有我和黎昌盛两个人。

两个人的晚餐，我要穿什么呢？

两个人的晚餐，又将发生什么呢？

这是我第一次进国际大酒店，据说这是港市最好的酒店。

出租车到达酒店门口，从门童为我打开车门把我迎进酒店开始，我就有了一种地位尊贵的感觉。我一说要去顶楼凯旋厅，立即有一位身姿窈窕的小姐引领我进去。

"是尤小姐吗？黎总已经在里面等您了。"小姐礼貌地说着。

我一看时间是七点二十八分，时间刚刚好。

打开凯旋厅的门，黎昌盛看到我进来，立马站了起来，为我拉开他对面的坐椅，待我落座后，他才重新坐下。

国际大酒店的顶楼是西餐厅，整个楼层是可以旋转的，外墙面是全透明的玻璃，外围的一圈被分隔开来成为一个个独立的包间，既可以旋转着俯看全港市的风景，又独立开来，成为一个私密的空间。

不得不佩服黎昌盛，选择这个地方真的是很高明。

原本我还担心两个人来到五星级大酒店吃饭，又是两个人坐一个厅，怕场面显得过于大而空旷，使得这顿晚餐吃得太拘束。现在看来，我的担心简直就是太多余了。

见识如黎昌盛，自然深谙应酬之道。和什么样的人吃饭该在什么样的氛围下进行，他拿捏得恰到好处。

这是我和黎昌盛的第二次见面。

今晚的黎昌盛打扮得像一个英国绅士，浅灰色的衬衫，纯黑色的领带，黑色的西裤，一尘不染的皮鞋。全身上下依然只是一只手表作为配饰，我留意到他的这款手表和上次到老师家所戴的手表不是同一只。

幸好，今晚我选择了身上的这套穿着。

一整天我都在犹豫到底需要穿什么衣服去见黎昌盛，盛夏的天气，最优的选择就是裙子。可是穿什么裙子呢？

不仅仅是款式，还有颜色。一种颜色将是一种感觉，可是究竟黎昌盛会最欣赏哪种感觉呢？

临出门前的半个小时，我终于下定决心，选择那条银灰色真丝质地的连衣裙，它V领无袖的设计，泄露了我的性感，却又低调含蓄。更主要的是，我没有什么大品牌的衣服，而丝绸天然的质地能够显现出一种高贵的气质，来弥补这条裙子出身的不足。然后我选择了黑色圆口的细高跟皮鞋，头发自然地散落在肩膀。至于首饰，我没有什么值钱的首饰能够配得上和黎昌盛见面，所以一样都没有选择。

没有想到，这么巧，黎昌盛也选择了灰色系的衣服。他浅灰色的衬衫和我银灰色的裙子，简直就像是情侣装。

我从黎昌盛的眼睛里看到了欣赏。

"尤小姐，你很准时。"黎昌盛微笑着说。

"不，还是让您等候了。"

黎昌盛笑了几声，说："我不知道尤小姐喜欢吃什么，自作主张点了几样这里的特色菜。"

天晓得，我最怕点菜了。

点菜对我来说永远是一件吃力不讨好的事情。既要照顾到每个人的口味，又要考虑到价钱。如果是自己请客，点多了自己心疼，点少了不够请客的诚意；如果是别人请客，那就更麻烦了，点少了怕请客的人以为看不起他，点多了怕让请客的人觉得我是逮住机会宰他。

像今天，一方面是黎昌盛请客，另外一方面国际大酒店的任何一道菜估计都价值斐然，所以不让我点菜简直是谢天谢地。

菜和酒很快都上来了，黎昌盛点了一瓶红酒，什么品牌我不认识。

黎昌盛端起酒杯对我说："今天我们稍微喝一点点红酒，对那天我的电话事故，向尤小姐表示道歉。"

我微笑着说："我还要感谢黎总呢，要不是你的医生及时赶到，那天我不知道什么时候才能起来呢。"

喝完杯中的酒，黎昌盛熟练地先为我斟上酒，接着为自己倒上。

"尤小姐，很年轻啊，那天我记得电话里面说是1994年是吧，属狗。狗是有灵性的动物啊，我家里就养了好几条狗。"黎昌盛随意地边吃边和我聊起了天。

"是吗？没有想到黎总居然那么喜欢动物啊，我以前家里也养过狗的。"

"尤小姐是几月份的狗呢？"

"呵呵，我是10月份出生的，我出生的时候，我们老家刚忙过秋收，我妈还经常说我命好，秋收之后的狗有粮食吃呢。"我也开始放松，和黎昌盛聊了起来。

"哦？10月份的狗？是农历十月吗？"黎昌盛似乎很感兴趣。

"是啊，我们老家都是按农历算的，阳历算起来应该是在11月吧，不过我只过农历生日。"

"农历好啊，以前人们播种，收成都是按照农历来安排的。我们企业结算我也都是等到农历的年底才算一年的。"

不知不觉中，一顿晚餐就在轻松的聊天中结束了。我们都聊了一些闲散的话题，我没有提到程嘉西的生意，黎昌盛自然也不会跟我讲他那些生意上的事情。

　　我并不是没有想到程嘉西生意上的事情，而是故意不去提。一是没有必要在第一次和黎昌盛单独见面的时候就提这些有关利益的问题，二是我在想也许程嘉西很快就和我没有关系了，我也许很快就不必因为依附于程嘉西而为他的生意奔波了。

　　是的，也许很快。但是，我没有想到会有这么快。

　　那天晚餐过后，黎昌盛说："饭后百步走，活到九十九。"他提议晚饭过后散散步。

　　我答应了。

　　黎昌盛开车带着我来到港市有名的外滩。

　　外滩的夜景真是美丽，在这样的盛夏，能够在灯火围绕的外滩散步，任凭海风吹拂我的长发，是一种温柔的享受。只是那一级级向水中蔓延的台阶，实在是有点陡峭，我的细高跟鞋非常不适应它。

　　在一个没有走稳的脚步之后，黎昌盛向我伸出了他的手。

　　就这样，我握住了黎昌盛的手。

　　就这样，那个晚上我们的手再也没有分开。

　　就这样，在后来又几次的见面之后，黎昌盛突然向我提议结婚。

就这样，我们甚至还仅仅是在牵手的阶段，突然一下子要飞跃成夫妻。

这就是我和黎昌盛之前的全部故事。

开始于程嘉西的蓄谋，结束于黎昌盛的求婚。

不，这不是结束。

故事才刚刚开始。

希尔顿酒店的饭菜在港市是很有口碑的，艾艾却没有怎么动筷。

显然我和黎昌盛的故事比眼前的佳肴更能够吸引艾艾。

"我的大小姐，你赶紧吃饭吧，吃完了赶紧回去吧。"我催促艾艾。

"干吗赶我走啊？今晚我还不走了呢。"艾艾和我撒起了娇。

"行了，你赶紧回去啊。否则，你亲爱的老公大人还有你的宝贝儿子要全体杀过来了，我可吃不消。"我笑着调侃艾艾，我当然记得黎昌盛刚才的电话，黎昌盛说要艾艾回去，过一会儿医生要过来。但是我总不能说是黎昌盛要艾艾走吧，我不想让我的丈夫和我的闺中密友之间有任何的误会和不愉快，否则以后我不是失去闺中密友，就是会让丈夫对我和闺中密友之间交往不放心，那可是一件很头疼的事情。

所以，全体女人，不要让你的丈夫和你的闺密之间有任何的矛盾，如果以后你还想借你闺密的名义做一些像打牌、购物、度假等自由的事情的话。当然也不能让你的丈夫和你的闺密太友好，否则那就是一件让你头炸的事情了。

"杀过来就杀过来，正好让我的宝贝儿子也享用一下美味的晚餐。"艾艾一边喝着奶油粟米汤，一边无赖地说。

"好了，好了，哪有你这样的人，人家住酒店还有其他夜生活呢，你也不怕当电灯泡，赶紧喝完汤，走人。"我只能想出这个办法了，否则我真怕艾艾住在这里不走了。

"好好好，有人要洞房花烛，这等积德行善的事情，我自然全力支持，哈哈。你的那位不会马上就要过来了吧？"

艾艾倒也爽快，说话间就抹了嘴巴，准备走人。

说实话，我和黎昌盛除了牵过手之外，还真的什么都没有发生。可是现在这个世界越是纯洁的事情就越是没有人相信了。

算了，我和黎昌盛还有一天就要成为夫妻了，让艾艾误会去吧。

"小雅，你要结婚的事情，我是你朋友中第一个知道的吧？"出门的时候艾艾还不忘问上这么一句。

"当然。"

"媛媛也不知道？你的一班狐朋狗友都不知道？"艾艾进一步问。

"是的。都不知道。我想我不需要向全世界宣布我要从良了吧？"我开玩笑道。

"够义气！我代表全体已婚妇女，欢迎您加入我们队伍，拜拜。"艾艾说完就闪出了门。

天知道医生来干什么，难道黎昌盛担心上次我摔跤，身体还没有完全好？黎昌盛真是太细心了。

在房间里，我一边等医生的到来一边整理今天所购买的东西，看看明天还需要什么。

婚礼上穿的三套礼服有了，鞋子有了，全新的内衣有了，袜子有了。今天光顾着买衣服，还没有时间买首饰呢，不知道戒指黎昌盛准备了没有，过一会儿再打电话问吧。

门铃响了。

我打开门一看，果然是上次的那两个女医生和护士。

我朝她们笑了一下，让她们进来。

我一边给她们倒水，一边说："上次我摔跤早就好了，你们给我的膏药很管用，贴了两天就不怎么痛了。上次还没有来得及谢谢你们呢。"

"尤小姐，不用客气，这是黎先生吩咐我们做的，我们自然要做好。不过今天不是来检查上次的伤的，我们是来做另外一个检查。"那位女医生说。

"另外一个检查？什么检查？我不需要做什么其他检查啊。"我疑惑地问道。

"尤小姐，我们是来给你做一个类似婚前检查的，婚检每对新婚夫妇都要做的。但是考虑到尤小姐以后的身份，所以黎先生安排我们到这里来给你做检查。"

噢，是婚检，我有点释然。

"可是强制婚检国家不是已经取消了吗？不是每对新婚夫妇都必须做的吧？"我突然又想起来以前看到取消强制婚检的新闻。

"是的，可是这样的检查对双方都有好处，所以还是做一下为好。我们希望尤小姐和黎先生能健康地过婚姻生活。"医生依然耐心地解释道。

黎昌盛派来的每个人都是态度谦逊，彬彬有礼，让人没有办法拒绝他们的要求。

"好吧。那就麻烦你们了。"再问下去，我简直就成了"狗咬吕洞宾，不识好人心"了。

护士麻利地打开带来的医疗箱，取出一些医疗器械。

"尤小姐，我们先来抽个血。"医生拿出皮管、一次性的采血管、消毒棉球和针筒等。

不知道为什么，看着这一大堆医疗工具我觉得有点害怕。

"不要害怕，一会儿就好的，抽血不会很疼的。"护士在旁边安慰我。

很快，血抽好了，医生递给护士，护士仔细地给贴上标签。

我以为这就结束了，没想到医生又拿出了另外一些工具，其中有一个鸭子嘴形状的塑料一次性工具。我认识它，那是做妇科检查用的。想当年，在大学的时候，我们女生最害怕的就是做妇科检查，我们把给我们做妇科检查的校医骂得狗彘不若。

"干吗要检查这个？"我警惕地问。

救命！黎昌盛不会是想要检查我是不是处女吧？如果是这样，何必等到求婚之后呢？也何必劳驾这些医生动手呢？他直接问就可以了，我不会隐瞒他的。

"婚检里面必须有的一项就是妇科检查啊。就算现在尤小姐不做这项检查，怀宝宝之前也是必须做的。"医生的解释无懈可击。

是的，我嫁人之后那是必须怀宝宝的。也就是说，这个检查也是必须的。

可是，怀宝宝那是多么遥远的一件事啊，我还没有完全做好结婚的心理准备，难不成黎昌盛就准备让我生孩子了？算了，不想那么多了，还是接受检查吧。

原来结婚还这么麻烦，早知道这样应该好好问问艾艾的，至少能有个心理准备。

躺到床上，我强忍着那个鸭嘴进入我体内的不适感。

好不容易挨过了艰难的妇科检查。

"这是带回去要做白带常规化验的。所有的检查结果，我们都将会交给黎先生。"还没有等我开口问，医生就自己向我说明了。

"为什么不是给我？"我脱口而出。

说实话，突然之间我有些担心。上一次妇科检查我还是在大学里的时候做的，那个时候我是一个干干净净的小姑娘，但是现在我经历了这么多的男人，谁知道他们中间有谁会不会有什么不干净呢？尤其是程嘉西，我估计在我之外他一定还有别的女人。为什么我没有早一点想到这个问题，早想到我应该在黎昌盛之前就给自己做个检查。可是黎昌盛求婚是如此突然，求婚之后到结婚的时间是如此短暂，我哪还能想到这个？

算了，听天由命吧。天要我倒霉，喝凉水都会塞牙；天要我幸运，走在路上也能拾到金条。

"黎先生吩咐我们直接交给他的，我想我们交给黎先生会方便一点。"那个医生又是那种礼貌的态度。

是啊，有什么好问的呢？是黎昌盛叫她们来的，自然是交给黎昌盛。再说，我不将成为黎夫人吗？黎夫人和黎先生不是一起的吗？我这样问只是让听者徒增其他想象而已，真是愚蠢。

医生和护士整理完东西以后就告辞离开了。

偌大的套间只剩下我孤零零一个人。

希尔顿酒店未眠夜

半夜我感觉有人把一条毛毯盖在我身上。可能是程嘉西吧，我家里的钥匙只有他有。也只有他会半夜跑到我的住所来。可是我太累了，我不想睁开眼睛和他打招呼，随便他吧。

身上似乎暖和多了，我调整一下姿势准备继续睡觉。正当我又将进入睡梦的时候，我突然想起来了。

我哪里是在什么自己的住所啊，我不是在希尔顿酒店吗？程嘉西哪里会进得来？我不是一个人在住吗？

一个激灵，我立马醒了。

我看到对面的电视机前有一个人，正在关电视机。那个人回过身来，是黎昌盛。

这下我彻底被自己吓醒了。幸亏我刚才没有在睡梦间和程嘉西打招呼，否则要我怎么解释？

是啊，这个房间也只有黎昌盛能够不向我打招呼就进来。

我立即又闭上眼睛，继续假装沉睡。我不知道黎昌盛接下来会干什么？他会对他睡梦中的年轻未婚妻做点什么吗？

我有点紧张，也有点期待。

我感觉黎昌盛在我旁边的沙发上坐了下来，接着就是小心翻看报纸的声音。

过了几分钟，黎昌盛继续在津津有味地看着今天的报纸。而我已经完全清醒了，根本就睡不着，只好睁开眼睛。

我看着黎昌盛，黎昌盛似乎感觉到我醒了，放下报纸看着我。

"你来了？"我笑着先开了口。

"是啊，今天事情实在太多，到刚才才空下来。你怎么在这里就睡着了，这样容易着凉。"黎昌盛说。

"我刚才在看电视，不知道怎么就睡着了。"我笑着说。

"可能太累了吧，今天你也忙了一天。"黎昌盛说。

我掀开毛毯站起来，走到电水壶旁边，问黎昌盛：

"你要喝茶还是咖啡？"

黎昌盛笑着摇摇头："我一般喝冰水。"

"冰水？"我不知道这个房间的冰水在哪里，需要叫服务员送吗？

黎昌盛看到我的无措，微笑着告诉我："房间的洗手间里有直饮水龙头，你到那里帮我接一杯水，在电热水壶下面有个柜子，打开有个小冰柜，里面有冰块，帮我放三块就可以了。"

我按照黎昌盛的指示，一步步完成着。我必须记住这些指示，这是我未来丈夫的生活习惯。要想做好黎夫人，当然首先得伺候好黎先生。

我把调好的冰水递给黎昌盛。

黎昌盛一只手接过冰水，说了一声："谢谢。"另一只手拉我坐在他的身旁。

"后天就要结婚了，可能很多事情都准备得不够好，有什么要求你可以随时提出来。"

我摇了摇头。

"你的家人你通知了吗？"

我的家人？我的家人首先就是我的父母，可是我敢让他们知道我将要嫁的是一个整整比我大三十岁的男人吗？更不要说其他亲戚了，只能先结了再说吧。天高皇帝远，就算我在港市结几次婚，只要我不说他们就不会知道，但我不能这么告诉黎昌盛。

黎昌盛能够想到我的家人，说明他是非常重视这次婚姻的，绝非儿戏。

"我家里没有电话，只能通过一个亲戚转告。这么短的时间他们也来不及赶过来，要是以后你有时间，我们还是回去跟父母说比较好。"我这样解释着。

黎昌盛沉吟了一下，说："这样也好，只是没有家人来参加你的婚礼，会不会委屈了你，小雅？"

"没有关系，在港市我有几个要好的朋友，他们会来的，黎总。"从黎昌盛进来开始，我都没有直接称呼他，因为我实在不知道叫他什么才好，这会儿又习惯性地叫他"黎总"。

果然黎昌盛笑了，说："小雅，对于我的称呼，你是不是要改一改？就直接叫我名字好了，当然你也可以省略我的姓。"

我不好意思地说："好的。"

"你今天好像没有买首饰？我在朋友的钻石行订了一套首饰，你明天去那里拿一下吧，要是戒指的尺寸不对的话，你也可以当场修改一下。"

"嗯，不需要这么多吧，这样会不会太浪费了？今天我看到花了好多钱。"我犹豫着说出我的感受，最重要的是我要看看黎昌盛对我用钱所持的态度。

"你不要考虑那么多，只管用吧，虽然准备的时间太短暂，但是我一定会办一个盛大的婚礼。"黎昌盛说。

刹那间，我感动万分。一定是黎昌盛知道这是我的第一次结婚，所以不愿意委屈了我吧，我第一次主动把头靠向黎昌盛。

黎昌盛顺势轻轻搂住了我，继续说着："明天上午你去看一下首饰之后就回到这个房间，下午会有婚礼化妆师来给你试妆，晚上你好好休息，我可能要晚一点才会过来，你看看还有什么遗漏的？"

我靠着黎昌盛的肩头说："够了，这样已经足够了。"

黎昌盛抚摸了一下我的头，站了起来，说："小雅，那今晚你就早点休息吧。明天晚上我再来。"

看到黎昌盛告辞，我有点惊讶，我也站了起来。但是我总不能主动留他住在这里吧？大概黎昌盛真的是想要到洞房花烛的时候，再来享受鱼水之欢吧。

我送黎昌盛到门口，黎昌盛就让我不要出门送了。不知道为什么我居然很留恋黎昌盛，可能我害怕一个人住那么大的套间吧。

我拉住黎昌盛腰部的衬衣，说："那你也早点休息。"

黎昌盛估计也看出我的不舍了，轻轻把我搂在胸前，在我的额头吻了一下。这是黎昌盛第一次吻我，很像一个礼节性的亲吻。

说来也奇怪，在昨天的约会上黎昌盛还没有向我开口求婚时，我对黎昌盛还丝毫没有真正男女之间的想念，甚至还有一点不愿意看他那显得苍老的脸，可是仅仅只是隔了一天，我对黎昌盛却生出了一些眷恋。

也许爱的产生，本来就是莫名其妙的吧。

我爱黎昌盛吗？

不，我想还没有那么快吧，现在我只是不讨厌他而已。

刺耳的手机声在半夜响起，把我从酒店舒适的大床上叫醒。

我一看来电显示，是程嘉西。冤家终于找上门了，这是我和黎昌盛之间的一颗定时炸弹，我必须尽早拆除他。本来我想先不告诉程嘉西我和黎昌盛结婚的事情，免得程嘉西中途使什么阴招，等到结好婚一切成为定局了，再来解决和程嘉西之间的事情。

先不管了，看看程嘉西打电话来究竟为何吧。最好他不知道我和黎昌盛的事情。

"小雅，你在哪里？"程嘉西的声音听起来无比焦急。

"哦，我在外面玩呢，有什么事啊？"以前也有过程嘉西半夜到我住处发现我不在的事情，但是也就只是打个电话问问后就离开，不会在那里等我。

"具体在哪里？"程嘉西好像不问清楚不罢休。

"在普宁区的一个酒吧喝酒呢。"我这样撒着谎。普宁区原本只是一个郊县，后来港市扩大城市规模把县变成了区，距离市中心最起码要一个半小时的车程。

"好，在哪条路上哪个酒吧，我来接你。"今晚的程嘉西显得无比执着。

"太远了，有什么事，你说吧。"我只好这样说。

"我想你了，我要马上见到你，就这件事情。"程嘉西说。

"好啦，普宁区太远了，这么晚你开车我不放心，乖啦，不要闹啦。"我像往常一样哄小孩似的哄着程嘉西。

"尤雅，你不要骗我了！"电话那头程嘉西突然恶狠狠地说。

我知道程嘉西一定是听说了什么，只是我不知道他听说了多少。不过这样也好，大家都打开天窗说亮话，省得彼此之间还虚情假意地维持关系。而我也很清楚对程嘉西这样唯利是图的人应该怎么做，我唯一担心的是程嘉西不要要挟我太多。

"我骗你什么了？"我冷冷地说。

听到我口气突变，程嘉西明显愣了一下。

"你要和黎昌盛结婚了！"电话那头程嘉西歇斯底里地说。

"是的，那又怎么成了我骗你了？"

"你没有告诉我！"程嘉西依然理直气壮。

三岁小孩一样的回答，我的心里简直想要发笑。

"好，我现在告诉你，老板，我将要结婚了。"

"不是这样！小雅不是这样！我和你之间不仅仅是员工和老板的关系！"程嘉西果然想要威胁我。

"噢，那你倒是说说我和你是什么关系呢？"

"不用我说，你心里很清楚！"程嘉西说。

"是的，我心里很清楚。我为我的老板尽心尽力，所以我的老板除了每个月给我发几千块钱工资之外还给我租了一个员工宿舍。所以，这样看起来我的老板还是一个不错的老板。"

　　这些话我早就想要对程嘉西说了，我希望程嘉西不要老是以为他在养着我，应该是我在用我的劳动换来我的所得，那几千块钱只是我的工资而已不应该有其他含义。如果说那几千块钱是每个月包养费的话，那我也未免太便宜了一点，这样便宜的情妇，在港市好像不太可能找到。

　　果然程嘉西没有想到我会这样说，他声嘶力竭地喊："可是没有哪个员工会和老板上床！"

　　"这没有什么，你未婚，我未嫁。这只是恰巧老板和员工之间谈了一场恋爱而已，都是成年人，谈恋爱上个床好像并不是什么大不了的错误吧？"

　　程嘉西简直要被我气疯了，他对着电话喊道："这些你对着黎昌盛去解释吧。"

　　"那是我们夫妻之间的事情，我自然会知道怎么去做，用不着你去提醒。我需要提醒你的是，如果你还想要拿到黎昌盛的工程的话，好像应该对黎夫人好一点。"我知道我必须说出重点。

　　"黎夫人，呵呵，黎夫人，你倒是进入角色挺快的。尤雅，你够狠。但是你不要忘记了是我把你带到港市，是我让你认识了黎昌盛。"

　　"是啊，也许你的提醒稍微善意一点，我会记得。我还会记得是我的老板，您让我多和黎昌盛接触接触的。"

电话那头突然一阵沉默。我等待了一会儿，有点不耐烦。我想程嘉西应该知道分寸，毕竟我只是他的一个情人而已，而且我想他应该不会去得罪黎昌盛这条大鱼。甚至反过来想，程嘉西应该高兴，我不是按照他说的去做了吗，我都成了黎夫人，他还怕接触不到黎先生？

"没有事情的话，那就这样吧，我要休息了。"我想要挂断电话。

"小雅，不要。"程嘉西的声音中不知怎么带了一点哭腔。

我犹豫着，不知道程嘉西又要耍什么花招。

"小雅，不要，不要挂电话，我想……我想跟你多讲几句话。"程嘉西真的好像哭了，声音有点哽咽。

我不出声等着他继续。

"小雅，我知道我不应该对你说这些。可是在今晚我听到我那个朋友说，黎昌盛给他们打过电话了，邀请他老师出席他和你的婚礼。我真的不敢相信，我开车回到你这里，发现你不在，我说不出的害怕。我害怕你离开我。我从来没有想到过你会离开我，我以为我们这样就挺好的。我以为我们在一起，慢慢地多赚一些钱，会越来越好的。"

听到这些话，我反而更加对程嘉西没有了一点点感激。自私的男人，他没有想过他所认为的很好，对我是什么？难不成让我一辈子跟着他没名没分吗？难不成让我一直拿着几千块钱工资既当他的员工又做他的情人吗？

程嘉西现在的难过，只不过和小朋友失去一个心爱玩具的心态一个样。如果这个玩具又被找回身边，依然只是随便地捏打摔玩而已。当一个玩具只是作为一个玩具时，它是没有任何资格跟主人谈什么权利的，只有听其摆布。

"以后你会遇到更好的女孩。"我只能这样安慰程嘉西。

"小雅，你一定要帮我，看在我们有这么长时间的情分上。"程嘉西终于提出了要求。

所有的哭泣或者伤心，只是程嘉西想要加重要求的砝码而已。要挟有多种方式，恶狠狠地威胁和软绵绵的请求只是相同目的的不同表现形式而已。

"我会的，你放心。那就这样吧，你也早点休息。"

"小雅，你的结婚典礼，我能来参加吗？"程嘉西最后又提出要求。

"我会和黎昌盛说的。再见。"

挂上电话，我睡意全无。回想我跟着程嘉西，从省城来到港市，彼此之间虽然谈不上相濡以沫，但也至少相互扶持。没有爱情，但也至少有感情。那些肌肤纠缠的夜晚，我们彼此之间也曾经真实地拥有过对方。但到最后，我们却好像两个生意人在谈着结束的价钱，只不过要价的是程嘉西。

说实话，我根本不想要程嘉西出席我的结婚典礼。我希望所有知道我过去的人都成为过去，就像我刚来到港市的时候一样，我抛弃了所有过去的一切甚至包括我的名字，只为了能够全新的开始。

我的婚礼当然是一个更重要的开始，关乎我的未来幸福。我怎么能够让我的情人参加？

可是我可以让程嘉西不参加吗？如果连他想参加婚礼的要求都无法为他兑现，他还会相信我能够给他生意上的回报吗？他会不会撕破脸面向黎昌盛揭露我的过去呢？

可是如果我让程嘉西参加了，他究竟想要做什么呢？会不会让他以后有更多非分的要求呢？

我究竟该怎么做呢？

百 万 新 娘

第二天照例是司机接我去选首饰，然后送我回酒店，接着是化妆师来为我试妆，再接着是婚礼司仪和我交代结婚的流程。

首饰自然是全套的钻石铂金首饰，化妆师自然是资深化妆师，结婚流程自然也是复杂的流程。这些其实我都不用操心，我只要按照他们的要求做就可以了，更何况还有黎昌盛。

整整一天，我想着的只有一件事情，那就是晚上到底要不要和黎昌盛提出让程嘉西来参加我的婚礼。

我不知道应该和谁商量这件事情。艾艾吗？当然也不行。

闺中密友最好不要知道太多你的秘密，她只要知道一些无关痛痒的秘密就可以了。

可是除了艾艾她们这些朋友之外，在港市我也没有可以商量的人了。我只能自己和自己商量了。

还没等我想好，黎昌盛已经来了。

黎昌盛刚坐下，我就给黎昌盛倒了一杯冷水，加了三块冰块递给他。

他满意地说："谢谢你，小雅。"

黎昌盛对我总是很礼貌很客气，不知道是他的修养太好，还是我们还没有到一定的亲密程度。

我自己倒了一杯白开水，坐到黎昌盛对面。

黎昌盛轻轻地拍拍他身边的沙发，我自觉地坐到他的身边，他像昨晚一样搂着我说话。

"明天大概会有八十桌的宾客，其中大多数都是我生意上的朋友，明天要辛苦你了。"

"八十桌？那么多？"我吓了一跳。我以为黎昌盛所说的盛大的婚礼不外乎就是二三十桌的客人，哪知道会有这么多。

"我已经把国际大酒店最大的宴会厅包下了，里面摆上一百桌都不成问题。其中还备了八桌，防止有一些知道消息但没有被邀请的好朋友出现，或者是客人临时增加家眷出席的情况出现。"

知道消息但没有被邀请？程嘉西算吗？我到底要不要跟黎昌盛说。

"小雅，结婚以后我想你不要再去工作了，好吗？"黎昌盛不知道为什么突然说到这个。

我没有回答，用疑惑的眼神看着黎昌盛。

"我希望你能在家里，好好休息一阵，要是你喜欢工作，以后也可以再找一个轻松一些的，当然我尊重你的意见。"

他都已经把意见说得那么明白了，我还需要自己的意见吗？

"好的。"

"你现在的工作，今天我已经帮你辞掉了，你们老板说恭喜你。"黎昌盛继续说着。

我现在的工作？我们老板？那不就是程嘉西吗？这么说黎昌盛已经和程嘉西见过面了？还是黎昌盛派人跟程嘉西见过面了？

"你们老板说明天他就不来当面恭喜你了，他要去北方的一个县城谈一个卖场工程。"黎昌盛依然不紧不慢地说着，我却听得心惊肉跳。

不用黎昌盛再说什么,我已经听懂了,黎昌盛给了程嘉西一笔生意。程嘉西自然欢天喜地,怎么还会有心思来参加我的婚礼。我只是不清楚,黎昌盛怎么跟程嘉西谈的,究竟谈了什么,黎昌盛究竟为什么给程嘉西工程。难道是为了感谢妻子的原老板对他妻子的照顾吗?还是有什么其他原因?黎昌盛究竟知道多少?

"小雅,今天开始你已经和工作没有关系了。"

这话听起来像是在说,从现在开始我和程嘉西没有关系了。

我没有想到困扰我一天的难题,居然不用我开口就解决了,真是有点意外。

黎昌盛真的像是我的上帝,掌握着我的命运,帮助我走过所有的困难,达到幸福的彼岸。

不过,我可不希望这个上帝知道我的所有秘密。

"小雅,你的体检结果今天医生送给我看了,一切都很好,你放心吧。"上帝又在向我宣布另外一个喜讯。

我又松了一口气。真的感谢上帝。

我紧紧地抱住黎昌盛,把脸贴在他的胸膛。希望我跟了黎昌盛之后,我永远都只会结交好运。

请让明天的婚礼成为我幸福生活的开始吧。

这是我人生中最重要的一天。

从今天开始，我，尤雅，将成为黎昌盛的妻子。我和所有的待嫁新娘一样，怀着强烈的兴奋、激动、喜悦、忐忑、紧张，还有一些不安。

黎昌盛把婚宴定在晚上的七点。黎昌盛说这是取谐音"起点"之意，他希望能够让今天变成他人生中新的起点。我何尝不是这么期待，今天开始我的人生将更换上明媚灿烂的颜色。

尽管婚宴是在晚上，可是从早上六点开始我就没有休息过。先是黎昌盛和我一起吃早饭，接着是化妆师来给我更衣化妆，再接着是黎昌盛把我从希尔顿酒店接到国际大酒店，然后是黎昌盛交代我在婚宴上面对那些生意场上的人要怎么应付，还要和婚礼司仪核对婚礼的步骤。下午我和黎昌盛去港市滨江园林拍结婚外景，下午六点钟我们回到宴会厅，准备接受各方亲朋好友的祝福。

当然最重要的是，我将要见到黎昌盛的家人。

而黎昌盛的家人，对我来说最重要的就是他的儿女。

黎昌盛告诉我说，在我之前他曾经结过一次婚，前妻为他生了一对儿女。儿子名字叫黎铭，二十二岁，刚从加拿大多伦多大学建筑专业毕业；女儿名字叫黎洁，二十岁，还在港市大学艺术系读戏剧专业。

二十五岁的我，将要成为一个二十二岁男孩和二十岁女孩的后妈，这对我来说是一个巨大的挑战。我不知道我是否能胜任它。

在进行婚礼之前，我曾经向黎昌盛提出应该在婚礼之前单纯地和他的儿女见一面。黎昌盛听到我的要求，笑了。

他说："小雅，我们的家庭很西化很开明的，现在要结婚的是我，不是他们，所以你不需要考虑讨好他们。在这之前，我已经告诉过他们这个消息，他们都给了我祝福。你放心吧。"

尽管黎昌盛说得如此轻松，可是我丝毫不敢有任何的大意。我想好了，我一定要对他的儿女客气一点。后妈问题是所有小孩的一个阴影，在我们很小的时候就认为"后妈"等同于"坏人"，而我即将成为一个"坏人"。更何况，我和黎昌盛的子女年龄如此接近，就算他们不别扭，我也别扭。

六点半左右，客人就开始陆续到来。我身穿气质高贵的婚纱，和黎昌盛站在国际大酒店宴会厅的门口迎接客人们的到来。

我没有想到人会这么多，我太小看八十八桌人的数量了。我只看到络绎不绝的客人到来，而这些客人的身份又经常让我目瞪口呆，几乎涉及了港市政界、商界、军界、文艺界以及国际友人等名人。甚至还有港市的两位副市长和一向以"自由人权"著称的 A 国驻港市的副总领事也来祝贺我们。

我在想幸亏黎昌盛没有让程嘉西来参加这次婚礼，因为程嘉西实在是太够不上参加我的婚礼，不，准确地说黎昌盛婚礼的分量了。而且，如果程嘉西来参加这次婚礼的话，看到有这么多身份显贵的人来，他肯定会凑上去巴结。

看来，黎昌盛把这次的婚礼变成了他一个绝佳的社交机会，他让所有的朋友都在今天进行一次友情储值。

艾艾和她的丈夫高浩明也来了。

一走进，艾艾就吵着要我们四个人合影，高浩明不好意思地朝着我歉意地笑笑。

高浩明拉住艾艾说："尤雅他们很忙，你看有那么多客人呢，回头再留影吧。"

艾艾撒娇地笑着说："我可不管，一会儿小雅就要成为黎夫人了，这不一样。你说这个影要不要留呢，黎先生？"

黎昌盛好脾气地笑着说："当然要，当然要。来吧，我们这里有摄影师。"

我们四个人站在一起，刚照完相，旁边就响起了鼓掌声。

我转过头看着声音的方向。是一对新来的客人，一位高瘦的男人和一位穿着黑色吊带长裙的年轻短发女子，我都没有见过。正当我想要微笑着迎接他们的时候，黎昌盛搂住我肩膀的手突然紧了一紧，使得我无法迈出向前的脚步。

那位鼓掌的客人说："表哥好福气啊，能娶到这么年轻漂亮的表嫂。"

原来是黎昌盛的表弟啊，这是我今晚见到的黎昌盛的第一位家人。

艾艾看到有新客人来，就和高浩明先进去里边了。

黎昌盛说："谢谢你们来参加我的婚礼，里边请吧。"

表弟说："哎，等一下，我们是不是也一起来照个相。老夫少妻是人生的一大快事，我应该把表哥的这件大喜事留个影，带回去给辛爱看看。"

说完表弟就径自走到我的旁边，搂住我的肩头，对着那位短发女子说："来，赶紧照一个。"

我还没有反应过来，照片就照好了。

我看见黎昌盛的脸色有点不好看。我觉得很奇怪，这个表弟看起来，来者不善。

黎昌盛一把把我抱在怀中，说："你最好离尤雅远一点。"

表弟哈哈大笑几声，说："表哥放心，我有一个表嫂就已经足够了，不会再要第二个了。你用不着那么紧张，不过这么年轻漂亮的表嫂，表哥不紧张似乎有点困难。"

黎昌盛说："今晚你要是过来祝贺我们的，就请里边坐，要是想要干些别的，还是改日再来吧。"

表弟说："表哥这说的是什么话，我当然是来祝贺的啦。来，把红包奉上。"

那个年轻的短发女子听表弟这么说，立马从小手袋里掏出一个大红色金丝绒的红包递给我。未等我伸手，黎昌盛就把红包拿过递给旁边的司仪。

表弟凑到黎昌盛的跟前，故意小声地说："好了，祝福的意思我已经带到了。最近我的股票大涨，我得回去看着点。表哥，听说恒通最近财政有点问题啊，要不要我支援一下你啊？"

黎昌盛也小声地拍拍他的肩膀说："不用了，我想你那点钱还是留着给自己花吧。"

表弟说:"哈哈,表哥一向有本事,那我就告辞了。"

"你来干什么?"一个质问的声音从后面传来。

我看到一位气质清朗的青年男子和一位皮肤白皙身材娇小的长发女孩向我们走来。

不知道为什么,表弟看到他们脸色突然变了一变。

"这里不欢迎你,你走吧。"那位男青年冷冷地说。那种命令人的神态和黎昌盛如出一辙,我知道他是谁了。

"小铭,你不可以和我这么说话,你妈妈一直很惦记着你。"表弟说。

"你说得太多了,请吧,最好不要让我喊保安。"黎铭盯着表弟说。

表弟又看了我和黎昌盛一眼,和那个短发女子离开了。

那位皮肤白皙的长发女孩走到黎昌盛跟前,问他:"爸爸,他怎么来了?"

黎昌盛说:"总有一些人会不请自来的。来,小洁和你哥哥一起来认识一下,这是尤雅。"

我朝着他们微笑了一下。

黎洁也朝着我羞涩地微笑了一下,而黎铭却盯着我没有反应。

黎昌盛有点不高兴，咳嗽了一声，黎洁拉了一下黎铭。

黎铭反应过来，说："你好。"

黎昌盛对着孩子们说："到里面去坐吧，我们马上也进去了。"

黎洁又朝着我笑了一下，说："那我们先进去了。"

我点点头，而黎铭却依然用一种疑惑的眼神看着我。我不知道他在疑惑什么。我根本就不认识他。也许他在疑惑，我这么年轻为什么要选择嫁给他的父亲。

单纯的富家公子总是考虑这样的问题，他们根本就不知道很多女孩都是通过婚姻换取物质。爱情是一件奢侈的消费品，有闲有钱的人才享用得起。

不过不用考虑这些了。至少看起来黎昌盛的两个孩子对我没有敌意，这就足够了。而且黎昌盛的女儿看起来很乖巧可爱，单纯得让人羡慕。

单纯也需要资本，在这个世界上不是所有的人都能够有单纯的资格。一个出身贫穷家庭的女孩，从出生以来的很多东西都需要自己争取，努力间便渐渐变得斤斤计较、尔虞我诈、患得患失甚至老谋深算，这样怎么能够单纯得起来？而黎洁这样的女孩，由于父亲的缘故，从来都不用考虑钱够不够用，也从来不用考虑工作找不找得到，更加不用担心养不养活得了自己。所以黎洁才会选择艺术系，更加会选择戏剧这样梦幻的专业。

是的，她可以一辈子待在梦里，只要她运气够好，结婚之前待在父亲营造的公主童话里，结婚之后待在丈夫营造的宠爱中，可以一辈子单纯下去。她的烦恼，只会是孩子的第二外语应该是选择德语还是法语；她的忧虑，只会是这个冬天去马尔代夫度假会不会又发生海啸这样的问题。

我的前半生没有黎洁的命好，我只希望我的后半生能够可以稍微单纯一点。

我终于结婚了。

我站在港市最好的酒店，最大的宴会厅，享受近千人的祝福。

黎昌盛确实给了我一个盛大的婚礼，一个梦幻的婚礼，一个童话一样的婚礼。我从一个小县城的灰姑娘，变成黎昌盛的公主，接受港市千万人的羡慕和仰望。所有的人也许都在疑惑黎昌盛为何选择了我。虽然我足够年轻，虽然我足够漂亮，可是还是有好多人都在疑惑为什么黎昌盛独独选中了我。

艾艾甚至跟我开玩笑说："黎昌盛公司的前台女接待都比你漂亮，谁知道他看中了你哪一点。"

我也不知道黎昌盛看中了我哪一点。不管黎昌盛看中了我哪一点，我都倍感荣幸。

我听到婚礼司仪问黎昌盛："从今天开始，无论是好是坏，富裕还是贫穷，健康还是疾病，你都愿意和尤小姐彼此相爱、珍惜，直到死亡才能将你们分开吗？"

黎昌盛说："我愿意。"

那一瞬间，我的眼泪禁不住滚落了下来。

无论过去有多苦，无论今后黎昌盛对我是好是坏，我都铭记此刻，我都由衷地感激黎昌盛，感激这个男人愿意在这么多的亲朋好友面前许下这么隆重的誓言。

司仪问我相同的问题，我哽咽地回答："我愿意。"

黎昌盛轻轻地吻住我的唇，给了我一个温暖亲密的吻。这是我们真正意义上的第一个吻，此刻我们唇齿相依。我希望今后，眼前的这个男人都能和我亲密无间，唇齿相依。

为这，我愿意用我年轻的生命陪着他走过今后年迈的人生。

黎昌盛为这次婚礼下了血本。八十八桌酒席，最后全部坐满了。本来按照实际人数应该是坐满八十六桌，黎昌盛为了吉利，让后面几桌的客人坐得松散了一些，成了八十八桌。

婚礼的标准，黎昌盛是按照每人一万一千一百八十八元的标准配的菜，取意为"要要发发"。菜是以中餐为主搭配了一些西餐的精品。八道冷菜，八道热菜，两道甜点心，两份咸点心，两份汤，两份水果。菜肯定是吃不完的，但黎昌盛说图个喜庆吉利。

每一道菜都有一个吉祥的名字，例如"比翼双飞"是一片山地火鸡肉配法式鹅肝，"沉鱼落雁"是野生甲鱼熬乳鸽汤，"富贵有余"是高汤煲泰国鱼翅，"相濡以沫"是冰糖炖血燕，"满堂喜庆"是阳澄湖水清蒸阳澄湖大闸蟹，"早抱贵子"是九头鲍捞泰国香米，等等。

艾艾说这是她参加的最奢华的婚礼。

艾艾说："你老公可真是为你舍得下血本啊。"

把黎昌盛变成我的老公是我的一大失败吗？现在看来好像不是，希望以后也不是。

不过这次婚礼事实上黎昌盛没有赔本，因为我看到好多客人来都奉上了厚厚的红包，好多仅从外表看起来就不止一万。

　　我听艾艾说，他结婚的当天晚上，等所有客人走之后，她和高浩明做的第一件事就是把所有的红包倒到床上，开心地数红包。艾艾那次结婚，所有的婚礼花费全部是她公公婆婆负责，而所有的红包都是给艾艾他们，给艾艾他们等于就是给艾艾，艾艾的老公高浩明才不管这些呢，高浩明只要求艾艾不要乱花就可以了。艾艾每次说到这件事，就高兴得眉飞色舞。因为一次婚礼，艾艾的存折上就一下子进账几十万。

　　而我和黎昌盛的婚礼不同，没有公公婆婆为我们负责开销，公公婆婆年事已高，连我们的婚礼都没有来参加，在加拿大黎昌盛的妹妹家中度假呢。所有的一切都是黎昌盛自己负责，所以我自然也不会对这些红包有什么想法，我希望这些红包能够抵销一部分结婚的费用就好了。

　　婚宴热热闹闹地进行完之后，所有的宾客都选择了告辞。也许这是黎昌盛的第二次婚礼吧，所以没有人留下来闹洞房。这样也好，穿着细高跟鞋站了这么久，我的脚早就肿了，我盼望着能够坐下来。

　　好不容易送走客人，黎昌盛把其他事情交给管家，带着我回到房间。

　　我今晚的洞房不是在黎昌盛家里，而是在国际大酒店的总统套间。因为我们在国际大酒店最大的宴会厅办婚礼，所以国际大酒店送了我们这里最好的总统套间。

这是一个真正意义上的总统套间，位于国际大酒店的六十六层，几乎占了半个楼层，有一个独立的电梯直接通达，客人在服务人员的引领下刷卡乘坐。

套间由六间房间组成，除了供主人专用的超大卧室之外，还有独立的起居室、客人卧室、办公室、会客室以及保镖卧室，除此之外还有厨房、衣帽间、健身房、书房兼影音厅、一个二百七十度的临江超大阳台、一个屋后花园以及四个卫生间。

其中给主卧室配备的卫生间比一般的标准间还要大，正中间是一个超大按摩浴缸，浴缸的右后方是一个独立的喷淋区，正后方是一个多功能冲洗烘干马桶，左后方是一个镀金马桶，右前方是一个衣帽柜，正前方是两个洗脸台，左前方是一个梳妆台。

全部的家具都是仿欧洲中世纪王室的古董家具，墙上的装饰都是仿欧洲文艺复兴时期的名作。唯一的例外就是主卧室的床，它是一个现代作品，但也是最贵的一件家具，一个价值八万八千元人民币的按摩功能太极床。

酒店专配了一位钻石级管家、一位厨艺副总监、六位金牌服务人员，二十四小时听候服务。

一进主卧室的门，黎昌盛就对我说："小雅，你先去洗澡吧。"

我嗯了一声，先没有坐下来，而是到鞋柜那边拿了一双拖鞋，走到黎昌盛面前递给他。

黎昌盛微笑着接过，照例又是一声："很好。"

黎昌盛坐在沙发上，准备换鞋。

我走到套间的厨房，拿过杯子，接上水，加入三块冰块，走到黎昌盛面前，递给他。

我已经是黎昌盛的妻子，并且我现在的身份也只剩下黎昌盛的妻子这一项了。我说过，要想做好黎夫人，必须先伺候好黎先生，尽管我的脚已经肿到每一步都疼痛万分。

黎昌盛又说："小雅，你去洗澡吧。你累了，好好在浴缸里泡一个澡。"

我摇摇头，继续站在黎昌盛的面前，帮他脱下西服，解下领带，放进酒店的洗衣袋里。接着帮他把换下的皮鞋在鞋柜里放好。

黎昌盛没有再说什么，走进洗澡间，打开水龙头。

我听到水流声在"哗哗"地响。是的，就是这样，黎先生先去洗澡，等黎先生一切安妥，黎夫人才可以处理自己的事情。

对于这些，我都很清醒地知道，并且毫不委屈。

一会儿卫生间的门又打开了。

我刚坐下来，立即又条件反射地站了起来，问黎昌盛："还需要什么？"

黎昌盛走了出来，他并没有换上浴袍，还是刚进去的样子。

黎昌盛对着我说："小雅，我帮你放好洗澡水了，你快进去洗吧。"

我不安地说："还是你先洗吧，我一会儿再洗。"

黎昌盛看着我，很认真地说："小雅，你记住，你只是我娶回来的妻子，不是用人，服务的事情家里有保姆去做。"

"可是现在保姆不在。"我固执地说。

黎昌盛看着我笑了起来，说："这里是总统套间，有二十四小时的管家服务，有需要我会通知服务人员的。况且如果真的没有一个服务人员，那更不需要你伺候我了。因为我所受到的教育是女士优先，男士要为女士服务。所以我为你放好洗澡水了，你快去洗吧，一会儿水要凉了。"

我没有理由再拒绝了。

进了卫生间,我看到按摩浴缸里,黎昌盛甚至都已经帮我撒好玫瑰花瓣了,旁边有刚拆好的袋装浴盐和拆封了的澳洲牛奶,都只剩下一半,另一半一定是黎昌盛已经加进洗澡水了,我的眼泪再一次汹涌而出。

从来没有哪个男人对我这么细心过,连我的初恋男友刘远也没有。

黎昌盛,我的丈夫。他比我大三十岁有什么关系?与年轻的男人相比,如果这三十年能够换来一个男人成熟的历练、对女人体贴的风度,那么我情愿选择这个比我老上三十年的男人。

不知道是国际大酒店太周到,还是黎昌盛已经吩咐别人来布置过,我看到卫生间的衣格里,有一套全新的女士内衣,尺码正是我的尺寸,还有一件大红色的真丝女士睡衣,这件衣服在第一大我头内衣的时候,内衣店的老板说适合我结婚的时候穿,但是最后我没有买,可是它现在却出现在了这里。一定是黎昌盛,除了他,现在不会有人比他更在意我。

洗完澡,我穿上睡衣,我看到镜子里面的我新鲜欲滴,娇艳动人。那件睡衣的设计，是吊带式的，把我的身材包裹得朦朦胧胧，曲线涌动。

我就这样走出卫生间吗？我有点害羞。

可是如果不穿这套睡衣，卫生间没有干净衣服了。哎，算了，不要害羞了。我总归是要赤诚面对黎昌盛的，他已经是我的丈夫了。

站在卫生间的门后，我鼓起勇气，拉开门锁，走出去。

漫长的婚约

如果可以预知命运，我愿意用减去一年生命的代价去换来对洞房花烛之夜的提前预知。

如果我预知洞房花烛夜将要发生的事情，我情愿在婚礼上喝醉了之后在洞房花烛夜昏睡一夜，或者黎昌盛喝醉了我伺候他一夜，也不要这个真实的洞房花烛夜。

因为，我，尤雅的洞房花烛夜，等待我的是一纸合约。

当我洗完澡，身穿性感的大红色真丝睡衣，鼓起勇气拉开卫生间的门，我发现黎昌盛并不在卧室里。

我光着脚，走出主卧室，来到起居室，看见黎昌盛依然穿戴整齐地坐在沙发里。

黎昌盛看见我出来，朝着我招招手，我微笑着走过去。黎昌盛并没有像前几次一样，让我坐在他的怀里，而是指指他对面的沙发，我顺从地坐下。

黎昌盛说："小雅，洗了澡之后舒服一点了吗？"

我点点头，说："你也去洗漱一下吧。"

黎昌盛微笑了一下，说："不急，要是你不累，我们谈谈好吗？"

我有点疑惑地看着黎昌盛，我不知道他要谈什么。

黎昌盛把旁边的一个小手提箱拿到沙发前面的茶几上，放好，打开，拿出一份文件。

黎昌盛说："小雅，你能够嫁给我，这让我觉得很好。我很希望我们的婚姻能够长久地维持下去，我想你也一定是这样希望的，对吧？"

我点点头。这是当然的事情。也许我和黎昌盛希望婚姻能够长久的出发点不同，但是如果说黎昌盛希望这样，那我一定比他更加希望能够获得一份稳定长久的婚姻。

黎昌盛能够这样想，我简直谢天谢地。

黎昌盛继续说："但是婚姻的长久仅仅是两个人的美好心愿，那肯定是不够的。我希望能够落实到现实中，为了这个我觉得我需要一些保证，你可以看一下这个。"

黎昌盛说完就把他手中的文件递给我。

我接过文件，看到上面用大大的粗黑体写着"关于黎昌盛和尤雅婚姻的合约"。

突然之间，我的心跳加速。看着这些冷冰冰的黑体字，我有点不敢读下去。我不知道这些接下去的文字会写什么。我突然之间有点怨恨黎昌盛。我怨恨他的清醒，也怨恨他的理智。有些事情从来都是糊涂比清醒好，不说穿比说穿的好。

在这个新婚之夜，我的丈夫对我说为了我们的婚姻能够长久，我们需要签一份合约，我能够怎么办？

我只能仔细地阅读这份合约。

这份合约一共有三十页纸，措辞严密地表述着以下的三条主要意思：

一、我如果在一年之内主动向黎昌盛提出结束婚姻，我将得不到任何黎昌盛的补偿。甚至黎昌盛为我购买的衣服首饰都不能带走，我只能带走我本人。

二、如果我在一年之后主动向黎昌盛提出结束婚姻，我可以得到黎昌盛一百万元的补偿。

三、不管在什么时候，如果是黎昌盛主动提出和我结束婚姻，我也可以得到黎昌盛三百万元的补偿。

其实这三条表述的核心意思无非就是：如果由我提出和黎昌盛结束婚姻的话，必须在一年之后。

好像黎昌盛特别害怕我在一年之内提出和他离婚。

我不知道黎昌盛为什么要设定一年这样一个时间，我更加不知道黎昌盛为什么如此担心一年之内我会提出和他离婚。

黎昌盛太高看我了，他根本不用担心什么，在港市，能够成为黎夫人对我来说已经是一个很荣耀的身份，如果没有足够的筹码，我是不会轻易放弃的。而这些足够的筹码，暂时我还想象不到是什么。

同时，我也承认黎昌盛无比聪明，他给我看这份合约，如此坦诚地告诉我婚姻的价码。一年之内，我自然不会和他离婚。一百万对于我来说，也许靠我给别人打工一辈子也积攒不到，而黎昌盛仅仅要求我和他维持一年的婚姻，黎昌盛实在是很慷慨了。

一年的时间很快就会过去，如果我和黎昌盛的婚姻不幸福，让我容忍一年也不是一件特别困难的事情；如果我和黎昌盛的婚姻很幸福，那我自然不会提出和他离婚。

不过这样一份合约看起来并不是像黎昌盛说的那样"希望我们的婚姻能够长久地维持下去"，而是仅仅"希望我们的婚姻能够维持到一年"。

也许黎昌盛只是为了和我结一年的婚。

　　管他呢，就算一年之后我离婚，我也并不吃亏。如果跟着程嘉西，不要说一百万，就是十万都得不到。

　　坦白说，我并不觉得这份合约委屈了我。可是我不知道为什么，我的眼角分明有泪水汹涌而出。

　　我看到我的面前递过来一张雪白的纸巾，我没有接过，抬头看着给我递纸巾的这个人，我的丈夫黎昌盛。

　　黎昌盛没有看我，把纸巾放到我的手上，重新坐到沙发上，说："小雅，有什么意见你可以补充。"

　　黎昌盛永远这样，理性超过感性，面对女性的娇弱不会甜言蜜语却又不失他的绅士风度。有时候我真的希望黎昌盛能够稍微失去理性一点，稍微冲动一点，稍微花言巧语一点。要知道，现在他面对的是他年轻的新婚妻子，而他的妻子正浑身散发沐浴后洁净的芳香，穿着性感的吊带睡衣，梨花带雨。

　　但是他却在和我严肃地谈如果我们离婚后怎么办的问题。这样一个问题，在新婚之夜谈，未免显得过于残忍和实际。

　　我没有擦去我的眼泪，有时候眼泪是一种谈判的武器。我抬起满含泪水的双眼，看着黎昌盛，轻轻地摇头。

　　黎昌盛说："很好，小雅，那我们双方都签字吧？"

黎昌盛的声音明显温柔下来，没有了刚才的严肃。眼泪发挥了它应有的作用。

我依然没有说话，点点头。拿过笔，在文件的最后签下了字。

黎昌盛在文件的最后也签下了字，然后仔细地收好，放进刚才的箱子里。接着走到我的面前，俯下身来，在我的额头轻轻吻了一下。

黎昌盛说："你先去睡吧，我去冲个澡。"

我点点头。好像自从跟了黎昌盛之后，我只能听从他的意见。就算我现在心中满腹心酸，可是我依然只能点点头。

经济基础决定爱情的掌控程度，我是黎昌盛花一百万签下的新娘，所以我只能听从他并且为他的感情服务。

黎昌盛进去洗澡了，我也回到了主卧室，我不管不顾地躺倒在那张豪华的太极床上。

可是我立马又跳了起来，我很累，如果在这张床上躺上一分钟，我肯定会沉沉睡去。可是黎昌盛还没有洗完澡，我怎么可以独自先睡去。

可是我不知道我应该干什么，想到刚才的签约，想到未来未知的黎夫人生活，想到做事冷静又出人意料的黎先生，我不知道我能否真的从容度过婚后一年的时间。

我听到黎昌盛在主卧室里叫我的名字，他应该洗完澡了。我按下手中的遥控器，关掉电视机，走进主卧室。

我看到主卧室的灯光已经变成温柔的橙黄色了，黄色的纱幔已经在床前垂放了下来。房间里有幽幽的玫瑰精油的香味，有一种类似爱情的味道弥漫开来。

透过黄色的纱幔，我看见黎昌盛已经躺在床上，他的浴袍随意地搭在床边。

我不知道我应该怎么做。是应该立即走过去，还是在外面磨蹭时间等待黎昌盛走过来。

如果可以让我自由选择，我当然强烈希望黎昌盛能够主动过来。我希望他能够让我留有女人最后的矜持。毕竟这不是握个手，而是要上床。而在这之前，我和黎昌盛都没有到这一步。

是黎昌盛叫我进来的，我答应了，我进门的脚步声黎昌盛应该听到了。可是他躺在床上没有任何表示。

我在心里轻轻叹了一口气，走向黎昌盛。

矜持也是需要资格的，对于能够轻易答应一个比自己大三十岁男人求婚的女孩而言，也许矜持等于矫情。更何况，我是黎昌盛用一百万签下的新娘。说得难听点，如果我矜持的话，那就相当于既要当婊子又要立牌坊。

我一步一步走向黎昌盛，轻轻地挽起纱幔，却发现原来黎昌盛已经睡着了。我松了一口气，没有了刚才的紧张。

谁料，一口气刚松完，黎昌盛却睁开了眼。

黎昌盛朝我微笑了一下，眼神却定住了。我突然意识到，此刻我正弯着腰、探着身子、和黎昌盛脸对着脸，我的吊带真丝睡衣一定正把我的春光无限外露。条件反射地，我立马用手抓紧胸口的那层薄纱。

黎昌盛微笑着，伸出一只手，轻轻一拉，我便俯倒在他的怀中。

我听到他在我的耳边轻轻说："小雅，我们现在是夫妻，不用害羞。"

国际大酒店总统套房之夜之后，我真正成为了黎昌盛的女人。

黎夫人的生活，我已经适应。

如果要我用一个形容词来形容这种生活的话，那这个词应该是：无所事事。

每天早上我睡到自然醒，然后有王嫂伺候我起床，伺候我的早饭和午饭，下午如果艾艾有空我会和她逛逛街，或者做个美容；如果艾艾没有空，那么我就自己在家看看报纸书籍，或者看看电视，晚上依然是我一个人吃晚饭，接着就是睡觉。

自从结婚那天之后，我再也没有见过黎昌盛。黎昌盛每天都会给我一个电话，履行一下作为丈夫的关心，但是他似乎很忙很忙。不是在这边出差，就是在那边开会。黎昌盛的两个孩子也都不在家里，大儿子黎铭留在加拿大的一个建筑事务所当设计师，小女儿黎洁寄宿在港市大学，偶尔才会在星期天回来一下。而黎昌盛家里的用人们，只在你需要他们出现的时候出现，平时都仿佛是隐形人，更加不会陪着他们的新夫人聊天消磨时间。

整座别墅，上下三层，十五个房间，好像只有我一个人存在。独守空房，大概是这个滋味吧。

这不是我想要的生活吗？物质充足。

可是这是我想要的生活吗？精神贫乏，甚至连一个讲话的人都没有。

一年的时间，我需要忍受一年的时间。可是这样的生活，我忍受得了一年吗？或者我根本就可以忍受一辈子？

每天我都要去骚扰一下艾艾，可是艾艾毕竟是有家室的人，我不能霸占她太久。而且我也不愿意让艾艾知道我真实的生活状态，我只需要艾艾知道每次逛街我可以眼睛都不眨地刷卡消费就可以了。女人之间永远充满了比较，我只愿意让艾艾看见我光鲜的一面。

所以，我想我需要用一件事情去消磨我的时间。

可是还没有等我想好究竟做什么事情的时候，一件我始料未及的麻烦事打破了我无聊但平静的黎夫人生活。

那段时间，用人们都显得很忙碌。先是购买一些新的床单、被套、枕套等床上用品，清一色都是灰色的高支棉。接着是购买大量的啤酒、咖啡冷冻在冰箱里。还有厨师也在准备做西餐的一些食物以及用具。

有一天早上，甚至王嫂还问我："太太，你喜欢吃西餐吗？"

黎家的用人一般都很懂得规矩，不会自作主张，更加不会问主人一些服务以外的问题，一般都是执行命令。比如第二天早上我如果想吃什么，一般都会在前一天晚上告诉他们，如果我不说，一般王嫂都会问一下。而我自从到了黎家之后，选择的都是中餐，一是因为从小到大我的家庭只提供给我中餐，我也习惯了。二是因为西餐我不太了解，我怕点错之后，被用人们背后取笑。可是那天，王嫂却突然问我这个问题。

我放下手中红枣银耳莲子羹，抬头微笑着看着王嫂，用鼓励的眼光看着王嫂,问:"怎么,你有什么好建议吗?"

王嫂很不好意思地说:"柳师傅,新研究了几道西餐,不知道口味好不好,想给太太品尝一下,听听太太的意见。"

柳师傅就是黎家的厨师,平时也负责我的饮食。

"好啊,我很乐意。"

王嫂很高兴我能够答应,说:"那太太,你看今天晚上怎么样?"

我点点头,说:"可以啊,王嫂,我能问一下,柳师傅为什么要研究新的西餐吗?"

王嫂很惊讶地看着我,但是她很快就收敛了,说:"太太,这几天小铭要回来了,小铭最喜欢吃西餐了,每次回来柳师傅都要给他做几道新菜。上次还是夫人结婚的时候回来的,可是第二天他就走了,没有尝到柳师傅的新菜。这回圣诞节他放假回来,可能要住上几天。柳师傅想多给他做几道新菜。"

原来是这样。

王嫂口中的小铭,就是黎昌盛的儿子黎铭。原来上次我和黎昌盛结婚,他第二天就走了,难怪我回到黎家没有看见他。这几天用人们忙来忙去都是为了他们的大少爷。这次黎铭要回来住上几天，那么黎昌盛一定也会回来陪陪他的儿子了吧。为了这个，我也愿意替这位大少爷先尝试一下新菜。

晚上的时候，柳师傅果真给我做了好几道西餐，有椰汁牛排、烧吞拿鱼配意式橄榄汁、烧塔斯洛尼亚牛配黑椒醋、法式大虾沙律、皇家芝式甜冻汤、香草牛油焗蟹柳、百合蔬菜沙律。最让我惊喜的是还有三道甜点：一道是威化黑巧克力柠檬忌廉，一道是香蕉拔丝配香芋冰激凌，一道是苹果黑布丁。

王嫂给我端上这些菜的时候都很仔细地介绍菜名和配料，然后等着我的评价。

说实话，对于西餐我并没有太多的研究，甚至连了解都谈不上，因此我平时很少选择西餐。可是柳师傅的这几道西餐，却让我对西餐兴趣大增，因为这些西餐不仅仅样式精美，并且很符合我的口味。尤其是那三道甜点，我真的是每一道都非常喜欢。

我很坦诚地告诉王嫂："这些西餐都非常美味，我不知道黎铭喜不喜欢，至少我很喜欢。我想我提不出改进的意见，但我很愿意经常能够尝到柳师傅的西餐。"

王嫂高兴极了，说："真的吗？太太真的吗？我现在就去告诉柳师傅。"

我又接着说道："告诉柳师傅，如果我的下午茶或者夜宵能够经常吃到这些甜点，多长几斤肉我也愿意。"

"你喜欢吃，就让柳师傅多做一点给你吃。"

我听到一个声音从门口传来，我转过头一看，发现居然是黎昌盛。

我的丈夫，黎昌盛，在新婚之夜后的两个多月再一次出现在我的面前。

没有一个新婚女子不日夜期望她的丈夫能够时刻陪伴在自己的身边。

即使黎昌盛比我大三十岁，即使我和黎昌盛只认识了三个多月，即使我和黎昌盛结婚不是因为爱，即使我只是黎昌盛签下的百万新娘，我也可以有权期望我的丈夫能够对我更加好一点。

在七十七天之后，黎昌盛突然站在我的面前时，我才猛然意识到，这七十七天我无时无刻不允满着对黎昌盛的想念。

望着黎昌盛熟悉而又陌生的脸，我呆坐在餐桌后面，不知道应该做什么。是走上前给久未见面的丈夫一个拥抱，还是嗔怪他把我放置在家中太久生气地转身离开。

拥抱他，我愿意吗？嗔怪他，我有资格吗？

"老爷回来了！"王嫂的喊声充满了对主人突然而至的惊喜。在那个瞬间，我好希望自己能够做一回王嫂，可以无所顾忌地喊出心中的所想。

王嫂走上前，想要接过黎昌盛手中的行李。黎昌盛摆手拒绝了。我看到黎昌盛一步步走向我，然后在我的面前站住，用空着的右手拉起呆坐着的我。

黎昌盛说："来，我给你买了礼物，我们一起上楼看看。"

说完黎昌盛便用右手将我搂住，一步步将我搂着走上楼梯。

感谢黎昌盛，他总是在有人在的时候给我维护住最后的尊严。黎昌盛这样一做，王嫂等用人便很明白我这个新太太在黎昌盛心目中的位置。这七十七天，用人们虽然对我客客气气，恭敬有加，但是想必他们对老爷在新婚之后就把太太独自扔在家中如此之久充满了议论和猜疑。

黎昌盛搂着我上楼的时候，我的眼泪汩汩而出。

我和黎昌盛的卧室在别墅的三楼最里面。整座别墅的三楼是主人的卧室区，五个房间，一个房间是我和黎昌盛的卧室，一个是黎铭的卧室，一个是黎洁的卧室，还有两个空置的卧室平时没有人住。

在结婚之后的第二天，黎昌盛把我送回家中的时候，曾经说过我和他的卧室就是在三楼最尽头那间最大的卧室，但是我从来就没有在这间卧室里面过过夜。那天晚上，我独自一个人在这间卧室准备就寝，但是辗转反侧之后，我发现空荡荡的房间根本就不适合一个人居住，或者准确一点说根本就不适合这个家中的新成员——我独自一个人居住，整个房间到处都充满了黎昌盛的影子，可是他却在新婚之后第二天就不在我身边，我根本就无法面对他无处不在却又无法将他拥有的折磨。当天夜里我就叫醒王嫂，帮我换一个房间，换到三楼空置的房间中去。王嫂当时还很犹豫，不敢独自做主，又不敢半夜打电话给黎昌盛请示。我坚决要求这样做，并告诉王嫂有什么责任我来承担。王嫂才答应了下来。那之后我一直独自一个人住在三楼的客卧。黎昌盛在电话里面也没有提到这件事情，想来已经默认这件事情，现在我不知道黎昌盛要和我回到哪间卧室。

到了三楼，到了我所住的房间门口，我停住了脚步。

我轻声说："这是我的房间。"

　　黎昌盛继续用力搂着我向最里面走去，他一边走一边说："我知道，现在我们去我们的房间。"

　　我们的房间，多么温暖亲密的形容，我们的房间，我还有拒绝的力量吗？

　　到了我们的房间，黎昌盛关上门，放下行李箱看着我。我背靠着门低下头没有看他，黎昌盛用手轻轻地抬起我的下巴，让我的眼睛看着他的眼睛。随后用他白衬衫的衣袖为我轻轻地拭去眼泪。这样一来，我的眼泪反而更加多了，我只能闭上眼睛，任由眼泪喷涌而出。

　　我听到黎昌盛轻轻叹了一口气，说："小雅，你在怪我吗？"随后便一把将我紧紧地拥在他的怀里，这一下我彻底崩溃了，整个人俯倒在黎昌盛的怀中，没有命地痛哭起来。

　　黎昌盛先是抱着我轻轻地在我的背后拍着，安慰我，接着他便抱着我亲吻了起来。不知过了多久，我的眼泪止住了，也回应着黎昌盛的吻。

　　是的，黎昌盛是我的丈夫，我想念我的丈夫，我为什么要刻意隐瞒？可是想念，我为什么会想念黎昌盛？我爱他吗？我不知道。

　　吻着吻着，我突然不好意思地笑了起来，我挣脱黎昌盛的怀抱，想要躲起来。

黎昌盛一把捉住我，也笑了，说："真是一个孩子。"

黎昌盛说："小雅，来，看一下我给你带了什么东西。"

黎昌盛把行李箱放到梳妆台上打开，我惊讶地看到行李箱里几乎有一箱的香水，我转头看着黎昌盛。

黎昌盛看到我惊讶的表情，不好意思地笑了："我不知道你晚上喜欢穿哪种睡觉，所以我每样都买了一些。"

刹那之间我脸红了。

玛丽莲·梦露说过一句话，她晚上只穿香奈儿5号睡觉。

香奈儿5号是玛丽莲·梦露钟爱的一款香水。

新婚之夜之后，黎昌盛曾经问我说："小雅，你的身上有一种清冽的芳香，是什么香水的味道？"

我摇摇头说："我没有用香水。可能是沐浴露的味道。"

没有想到黎昌盛居然记住了这件事情。更加没有想到的是他居然为我买回了几乎所有的经典香水。有香奈儿5号、雅顿绿茶、范思哲红色牛仔、CK、博柏利英伦迷情、雅诗兰黛、兰蔻奇迹，等等。有的香水黎昌盛甚至同一个品牌买了好多不同的品种，例如迪奥，黎昌盛就买回了毒药、温和毒药、迪奥小姐、美好人生四种。

我想世界上也许没有第二个男人像黎昌盛一样买礼物了。说起男人买礼物,同样买香水,我想起了刘远。

刘远也曾经给我买过一款香水,是迪奥毒药,只有五毫升,是一个试用装,在一个网上的实体小店给我购买的。那是刘远和我吵架后给我买的道歉礼物,我清楚地记得刘远给我香水时所说的话。

刘远说:"知不知道,这叫毒药,是迪奥公司出的,名牌!很贵的,就这么一点点好几十块钱呢!这下你该原谅我了吧?"

刘远在说这些的时候,我并没有他想象中那么孤陋寡闻。也许我没有钱去购置这些名牌的东西,但是关于化妆品或者服装的绝大部分名牌我都知道。甚至一些经典品牌的东西的故事以及出品年份我都一清二楚。但就算刘远让我拥有了它,也没有地方可以使用它,因为我根本就没有什么重要的社交场合需要喷香水出席。

很多女人都早已具备好成为贵妇的见识,只是她们身边的男人没有能力让其成为贵妇而已,刘远也是如此。

没有想到多年之后的今天,真的有一个男人让我成为贵妇,并且毫不吝啬地给我购置了如此之多的香水。和刘远相同的是，黎昌盛同样用香水表达了他对我冷落多日的歉意，也许男人的想法都是差不多的吧。

我应该像当初原谅刘远那样原谅黎昌盛吗？

被 爱 的 人

这几天，黎家上下仿佛在过节日，用人们的脸上也容光焕发，只因为他们的男主人回来了。

也许黎昌盛真的经常出差在外很少待在家里，那些用人都像是鼓足了劲想好好在黎昌盛面前表现一番，其中有一个重大的表现就是极力讨好我。

客观一点讲，我觉得黎昌盛不在家的日子里，黎家上下的用人们并没有怠慢我，每个人都对我太太的身份表现出足够的尊重，只是客气有余并不亲密而已，不过这样做我觉得已经足够。我只是一个穷人家出身的姑娘，不需要那些虚伪的架子，也不需要用对用人端架子来掩饰我的出身不足。

而今，黎昌盛回来之后，每天都和我亲密无间，甚至有时候当着用人的面都不避讳一些亲密的行为。我也从那间客房住到了"我们房间"，每天早上都睡到自然醒，黎昌盛也陪着我睡到公司上班前半个小时才起床，周末就干脆和我一起睡到临近中午，早饭午饭一起吃。用艾艾的话来说就是"君王日日不早朝"。傻子也能看得出来黎昌盛对我的宠爱，更何况黎家那些精于察言观色的用人。

每天晚上王嫂都会问我第二天要吃什么，甚至黎昌盛要吃什么也都问我。然后王嫂就会让柳师傅去买，就算老爷要吃的东西没有买到，也一定要把我这个太太要吃的菜买到。黎家上下大大小小的一些事情，管家也会过来向我询问意见。这些都是以前从来没有过的。

原来黎夫人的日子并不是清净无聊的，每天都有那么多事情可以做。以前黎昌盛不在家，清闲而又无聊的黎夫人生活原来只是因为还在考察期而已。每天我都忙到没有时间打电话给艾艾，惹得艾艾抱怨我说："丈夫一回来，就重色轻友。"

艾艾甚至开玩笑说："小雅，你可得悠着点，别夜夜贪婪，你不累黎昌盛还累呢，人家可是年过半百的人了。"

艾艾想不通我怎么每天都会这么忙，艾艾说："有钱太太的日子不也都清闲得很嘛，怎么你会那么忙，一天到晚哪有那么多事情做啊？你以前不也闲得发慌吗？"

人家有钱太太日子清闲，只因为人家其实还不够有钱而已。你看《红楼梦》里贾府的王熙凤不每天忙得焦头烂额？至于我以前闲得发慌的原因，是因为我还没有正式确立在黎家的地位，这些我怎能和艾艾讲？

每天早上一起床，管家就会过来告诉我当天的家里用车情况，一般都是柳师傅上午出车买菜，王嫂下午去酒店取回黎昌盛干洗熨烫的衬衫和西服，这两个都是每天固定的用车。其他还有一些，比如负责我们家金鱼的小鱼师傅要来给金鱼换水或者喂食，管园艺的张师傅来修理花园。

然后柳师傅回来就是和我核对当天晚上的菜单以及晚餐的人数，一般都是我和黎昌盛两个人在家用餐，偶尔会有黎洁回来一起吃饭。

这几天的下午都用来和管家一起挑选布置"我们的房间"的东西。我希望我和黎昌盛的房间能够变一种味道，能够有我的审美存在。偶尔我外出而黎昌盛一个人在家的时候，也能够随处看到我的痕迹。我到窗帘布艺店挑选新的布料，让人回来量好尺寸定做，原来的窗帘仅仅

是起到窗帘的作用而已，没有丝毫的装饰或者美化环境
作用。还有我们房间的床上用品，太像宾馆的布置了，
我不喜欢。房间里的灯，我要求所有都换成暖色调，黎
昌盛太冷静了，我可不希望他在卧室里还那么冷静。总
之差不多可以更换的我都想更换掉。

　　布置房间是一个浩大的工程，更何况我还有一个任
务，我要帮黎铭布置房间。

　　黎铭要回来，之前谁都没有正式和我说过，除了王嫂
说要我尝尝柳师傅为黎铭做的新菜之外，再也没有人提
到过。

　　前两天管家吞吞吐吐地说："太太，有件事情跟您请
示一下。"

　　我问他："有什么事？"

　　管家说："少爷快要回来了，您知道少爷是学设计的，
审美观点和别人不一样，以前几次我们给他买的床上用
品，他都不喜欢，可是他回来住的时间一般很短，也没
有时间自己挑选。少爷又喜欢每次都用新的床上用品，
后来几次少爷说如果我们不会挑床单，就干脆买宾馆里
那种白色纯棉的床单被套。我们照办了，少爷讨厌倒是
不讨厌了，可是每次回来住都说是像住宾馆，没有一点

家的感觉，每次因为这个事情我都被老爷说。"

难怪听到黎铭要回来，黎家上下早就开始忙着准备了，前段时间还买了白色纯棉的床单被套。黎铭少爷，他有那么难伺候吗？我想起来结婚那天，黎铭盯着我的眼神，看来这个少爷我也得赔着小心。

"前段时间我看你们不是买了白色纯棉床上用品了吗？"我问管家。

"是啊，可是我觉得现在有了太太，这个事情请示一下太太比较好。"管家恭敬地回答。

是啊，有了太太，责任可以让太太担了。但是我可不想接手这个烫手的山芋，弄不好我刚坐稳的太太位置又要摇晃了。

我微笑着对管家说："跟我说也一样啊，再说你肯定比我更了解少爷，你没有办法的事情我也没有办法。"

我什么建议都没有给管家，甚至连是不是还是用白色纯棉床单也没有说，让管家自己体会去吧。

没有想到当天晚上，黎昌盛看到床上我新挑选的鹅黄色苏州刺绣床单被套时，表现得非常喜欢，随口就布置给我白天甩手的任务。

黎昌盛说："小雅，这套床上用品很温馨，让人很有睡觉的欲望。你给小铭去买一套回来吧。"

这套床上用品可是我为黎昌盛和我的新房精心挑选的，让我给我丈夫的前妻的儿子也买一套，我才不干呢。

但是黎昌盛的任务我从来都没有拒绝的力量，我只能接受了。唯一的办法是，给黎铭重新选一套床上用品。

黎铭的房间我从来没有进去过，但是为了完成任务，我只能亲自实地考察一下。

黎铭的房间在我原来那间客房的里面，紧挨着黎洁的房间，黎洁的房间挨着我们的房间。一推开黎铭的房间，就仿佛走进了一个小男孩的世界。

黎铭房间比我们的房间稍小一点，整个房间的天花板是蓝色白云的图案，地板是实木地板木头的原色，床头有一个大大的篮球投篮筐，被改装成床头的吊灯，床正对着的那面墙是一幅巨大的 NBA 喷画，画面上的乔丹正在朝着床的方向投篮。床和窗户之间有一个大大的吊床连接着，吊床里还有一本汽车杂志，主人应该经常躺在这里看书。床的正对面喷画未到窗户处是一张写字桌，写字桌上面是一排书架，书架上没有多少书却放了很多汽车的模型。

这样一间有个性的房间，用白色的床单来搭配，确实显得有点太可惜了。可是用什么来搭配这样的房间，既不显得单调又能够风格统一呢？我可是一点都不了解这位挑剔的少爷，万一搭配不好，我可不知道会出现什么后果，我在想一个百分之百保险的方案。

我一边想着，一边继续在他的房间里四处察看，想得到一些灵感。床头柜上的一张照片吸引了我。

照片里有黎昌盛，还有另外一名女子，带着一个小男孩和一个小女孩，背景应该是在迪士尼游乐场，他们满脸微笑地望着我。照片上的黎昌盛明显要比现在年轻好多。这应该是黎昌盛家的全家福吧，那名被黎昌盛搂着肩膀的女子应该是黎昌盛的前妻吧。

这是我第一次看到黎昌盛前妻的照片。自从我进入黎家之后，我还一次都没有听到过关于黎昌盛前妻的任何消息，更不要说看到照片了。唯一的一次，还是在婚礼上我听黎昌盛的表弟言语中似乎提到。照片上的她，温婉可人，带着一点楚楚动人的瘦弱，这样的女子应该很能够激发男人的保护欲吧？所以黎昌盛才会这样紧紧搂住她吧。

我好像有点吃醋，我是在吃这个女人的醋吗？我是因为这个女人曾经占据了我这个身份而吃醋？还是因为这个女人曾经占据了我的男人而吃醋？

或者，我有那么一点点喜欢上了黎昌盛？

都说喜欢是浅浅的爱，爱是深深的喜欢。难道，我爱上了黎昌盛？

正当我陷入沉思的时候，我突然听到背后传来黎昌盛的声音。

"小雅，你在干什么？"

不能说的秘密

多年以来的底层生活使得我具备了无论发生什么都处变不惊的本领。

我听到黎昌盛在背后喊我的声音，第一个反应是保持我刚才的姿势，不要流露出任何的惊慌，然后优雅地回过头，即使有什么不妥也要等待对方去说。

值得庆幸的是，刚才我虽然凝望着照片出神，但是我并没有把照片拿在手里仔细端详，这样从黎昌盛的角度看就只能看到我的背影，顶多他只能够猜测我在看照片，也许他还希望我没有看到照片呢。

我回过头，微笑着看着黎昌盛，轻轻地用鼻音发出一个："嗯？"

果然黎昌盛的声音减少了刚才第一声质问的语气，听起来像是想要探究着什么，他问："小雅你在做什么？"

比起刚才的那句"小雅，你在干什么"，黎昌盛已经使自己的问话尽量听起来温柔。

他没有确定，那我最好不要主动提到照片的事情。我不知道黎昌盛的第一段婚姻发生了什么，也不知道为什么结束，但有一点我可以肯定，所有被人为结束的婚姻一定都有一个巨大的伤疤，彼此无法修复所以才只能选择分开。既然如此，只要黎昌盛不提我是不会主动去询问的，我不愿意做一个被人厌弃的揭伤疤者，那有违我的情感道德。

我一边尽量使自己的微笑看起来轻柔又正常，一边用调侃的语气说："我在完成你的任务啊。"

"什么任务？"黎昌盛还没有完全解除他的戒备和猜疑。

"你不是让我给黎铭也买一套床上用品吗，我不知道尺寸，也不知道他喜欢什么风格，所以来他的房里看看。"

"尺寸你问王嫂就好了，至于买什么风格，就买我们床上的那一套就好了。"

不解风情的黎昌盛，真的想让他儿子的床看起来和我们的床一个样啊，算了这种事情跟他这种大男人也说不通的，还是我自己决定吧。

"好的，我知道了。"

说完，我便走向黎昌盛，准备走出黎铭的房间。

"小雅，以后不要随便进入别人的房间。"末了，黎昌盛还是不忘记加上这一句。

这是我认识黎昌盛以来，黎昌盛对我说过最重的一句话，带着一种命令式的禁止。

我想这一定是和照片有关的，黎昌盛虽然不确定我是否看到了照片，但是他肯定要杜绝这种可能性的再次发生。看来黎昌盛的前一段婚姻是我不可以触及的禁区，不能碰就不能碰吧，我倒真的希望黎昌盛的前一段婚姻就此彻底埋葬进记忆。

"我知道了，你不要生气，我以后再也不会了。"我低眉顺眼地向黎昌盛道歉。

适当的示弱是一种变相的强大。

果然黎昌盛看到我这样听话地答应，反而觉得自己有些过分，他解释道："小雅，你不知道小铭这孩子很挑剔的，他的房间不允许别人随便进的，平时我也不进他的房间。"

废话，谁的房间允许别人随便进，这不，黎铭不在家你要我帮他挑床上用品我才进来看看的嘛。我在心中暗自嘀咕着，脸上却表示出理解的神情。

"我知道。"我温柔地回答，尽管黎昌盛的解释显得文不对题，但是我还是愿意他做出这样的解释，至少表明了他在乎我情绪的态度。

黎昌盛搂着我的肩膀，带上黎铭房间的门，和我一起下楼。

出门的一刹那，我心里松了一口气，还好，我没有触到黎昌盛的伤疤，可是我心里对黎昌盛的前妻留下了一份深深的好奇。

我最终给黎铭挑了灰色极简的床上用品，唯一改变的是挑了几个小狗造型的靠枕。因为我听王嫂说黎铭曾经在黎家养过狗，那么他想必应该会喜欢吧。就这么决定吧，如果黎铭不喜欢，那也只能等到他回来发火再说。

与黎铭大少爷相比，黎洁就显得好伺候很多。

在黎家，黎洁像一只安静柔顺的小猫，有时候你根本不会感觉到她的存在。她的单纯、善良和礼貌有时候让我这个后妈都会不由自主地心疼。和黎昌盛、黎铭相比，我和黎洁单独相处的时间可以算最多的了，而且我没有感觉到一丝一毫不自在。

我和黎洁第一次单独相处是在我新婚后的第一个周

末。我清晰地记得那是一个阳光灿烂的午后，我正坐在屋顶花园的秋千架上发呆，远远地就看到黎昌盛平时乘坐的那辆黑色奔驰车正往家门口开来。我以为黎昌盛回来了，立马站起，从楼顶飞快地飞奔下楼，我刚在门口站好，调整好微笑，奔驰车就停了下来。我走上前，想要为黎昌盛打开车门，却发现车里坐的并不是黎昌盛而是黎洁。我想要开车门的手，不由自主地在空中停了几秒，就那么几秒钟，黎洁自己打开了车门，她没有发现我的异样，看见我来迎接她，很礼貌地说："谢谢。我自己可以的。"

我立马控制住我失望的情绪，换上另外一种心情面对第一次单独相处的黎家小姐。

"回来了？"我只能没话找话。

"嗯，周末同学去水乡玩了。我去过好几次了，就没有去。同学把我的车也借走了，我只好麻烦爸爸的司机来接我。"黎洁礼貌并且懂事地回答。

我们谈话间，黎家的其他用人也走过来了，但都没有打扰我们的谈话，也许说正在观看我们的谈话更为贴切一点。他们要看着他们的新女主人如何和上一任女主人的女儿交谈。

"王嫂，把后备厢里的衣服拿出来吧，又有好多衣服麻烦你烫哦。"黎洁看到王嫂微笑着招呼道。

王嫂连忙应答着走上前来。

我连忙伸出手说："我来拿吧。"

黎洁微笑着拉过我伸出的手，一边往家里走，一边开玩笑地说："还是让王嫂来吧，否则爸爸知道了会怪我的。"

听了黎洁的话，我也笑了。看来我还没有摆正自己的位置，黎昌盛早就对我说过了，我是他娶回来的妻子，不是用人，不用伺候他，自然更加不用伺候他的女儿。我也用不着讨好黎洁，但是不知为什么被黎洁拉住手，竟然有一点点受宠若惊的感觉。

到了家里，黎洁就对我说："我回房间了。你去忙吧，希望我没有打搅到你。"

我轻轻一笑说："那你也好好休息。"

就这样，基本上每次周末黎洁回来，我都只需要和她打个招呼就行了，她都会自己安排自己。如果在家，她有时候会在自己的房间里，有时候会在花园里晒晒太阳；如果不在家，自然会有司机或者用人陪着她逛街购物，我和她彼此不干扰对方的生活。

这样就很好了。我如果能够和黎铭这样相处，就很好了。可是我没有想到，和黎铭的见面竟然是这样的。

那天本来是周日，黎昌盛说好陪着我一起睡懒觉的，可是等我醒了，我却发现他不在身边，我微微有点不高兴。

这一段时间，我已经习惯有黎昌盛在我枕边，也习惯了每个周末都能够和他一起睡睡懒觉。也许爱，就是一种习惯。

我伸手就想拿起手机打电话给黎昌盛，却发现手机底下压着一张纸条，上面写着"小雅，公司临时有事，我出去一下，最迟晚上回来。黎"。

我看完微微笑了，我喜欢黎昌盛这样给我留言。如果有什么事情，黎昌盛从来都是亲自告诉我，要么当面告诉我，要么电话里面告诉我，即使像今天这样我在睡觉，黎昌盛也会亲自给我留纸条告诉我，而不是通过用人或者别人转达。这样的方式让我很舒服。最亲密的人，当然无论什么事情都亲自告诉，因为这是两个人的事情，用不着别人掺和。

与我相比，艾艾就没有那么幸运了。她的宝贝老公高浩明，在外面看起来像一个男人，可是在家里根本就是一个没有长大的宝贝儿子，不管什么事情都是依赖着他的母亲，更令艾艾生气的是，有时候他们之间的一些事情高浩明也会和母亲商量决定，好像他的母亲在帮着他和艾艾恋爱。好几次，艾艾和我逛街，打电话回家，想要跟高浩明说一声不回去了，每次电话都是高浩明的母亲接，艾艾问："妈，浩明在家吗？"

他母亲在电话里头叫高浩明，高浩明会在电话那头喊："有什么事情让她说就是了。"

有什么事情？小夫妻之间能有什么事情？有时候无非就是想多听对方的声音，多和对方讲讲话而已。

有几次艾艾发了狠，说："妈，浩明呢，你让浩明听电话。"

高浩明接了电话后问什么事，艾艾说自己逛街晚了不回家吃晚饭了，高浩明还会怪她，说这种事情跟妈讲不是一样吗。

甚至有几次回去后，高浩明还责怪她说干吗非要他接电话，有什么话妈不能听啊，这样做会让妈不高兴的，我们有什么事情需要瞒着妈啊。

艾艾说听了这话她简直气得想要发疯。这不是瞒着不瞒着婆婆的问题，难不成两个人之间所有讲的情话，所有亲密无间的相处都要让婆婆知道得一清二楚。可是有什么办法呢，嫁鸡随鸡，嫁狗随狗，艾艾嫁给高浩明，只得忍着高浩明的长不大。艾艾说等到哪天忍无可忍了，再想彻底解决的办法吧。

我把黎昌盛的纸条放进抽屉里，在房间的卫生间里冲了一个澡，换上白色宽松的羊毛连衣裙，披散着湿漉漉的头发，拿起一本杂志，准备到楼顶的屋顶花园晒晒太阳。港市已经进入冬天了，港市的冬天湿漉而阴冷，只有晴天的太阳稍微能给人带来一点冬日的愉悦，所以我在港市的冬天特别喜欢晒太阳，正好也可以晒晒我刚洗完的头发。

出房间前，我给王嫂打了一个电话，让王嫂把早餐送到楼顶来。

黎家的楼顶有一个非常舒服的秋千，坐在上面摇晃几下，我仿佛就会回到童年。今天的天气不错，太阳很好却没有风，给人温暖的感觉却不让人觉得有冬天的寒冷。我散开我的头发，找到一个舒服的姿势，在秋千上坐好，闭上眼睛轻轻摇晃起来。

这样的太阳，这样的秋千，这样的黎夫人，人生真的是无比美好。

过了一会儿，我听到楼梯上传来人的脚步声，一步步向我走来，一定是王嫂给我送早餐来了。

我听到脚步声在我的身后停住了。

"就把早餐放在旁边的石桌上吧，我一会儿就吃。"我依然不愿意睁开眼睛。

我听到王嫂脚步声继续向我走来，石桌在我的前方。王嫂会像以前一样，把早餐轻轻放好，然后离开。

王嫂的脚步声停住了，好像在我的面前。奇怪的是，王嫂没有像往常一样答应我的话。

我睁开眼睛，这下真的把我吓了一跳。

我的面前是站着一个人，这个人正盯着我看，但是根本不是王嫂。是一个穿着套头毛衣和牛仔裤的青年男子，面容有点熟悉。凭着我的记忆，我拼命搜索可以拼接的信息，很快地我得出一个结论，这应该就是在结婚那天和我见过一面的黎铭。只不过那天的他，西装革履显得无比神清气爽，今天的他穿着家居显得潇洒自然，他什么时候回来的？

黎铭依然盯着我看，我觉得这个大少爷真的是不懂事，就算我年龄和他差不多，就算他没有把我这个后妈放在眼里，但至少我是一名女士，他应该像他的老子黎昌盛一样表示出对女性应有的尊重和风度，哪能这样眨都不眨一眼地盯着一位不熟悉的女士如此之久？更何况我的身份是他的后妈，他这样有冒犯长辈之嫌。

我正准备从秋千上下来，开口先和他打招呼时，我听到他用一种几乎战栗的声音在问："小雅，是你吗？"

我被黎铭这样的神态搞得有点害怕，他怎么可以叫我的小名，那是他父亲叫的，至少他应该叫我"尤雅"，我想我需要好好地自我介绍一番。

可是，不用介绍了，黎铭的下一声呼喊，更加让我如雷轰顶。

"陆小丫，你是陆小丫吗？"

我是陆小丫。可是自从我到港市之后，我就抛去了那个土气的名字，改名叫尤雅。我希望所有港市的人都不知道我叫陆小丫。陆小丫是一个辗转在各种男人之间的女子，我希望尤雅能够彻底抹去那些不堪的记忆，尤其在我成为黎夫人之后，我真的希望尤雅能够体面优雅地生活，只为黎昌盛一个男人而活。

黎昌盛也不知道我叫陆小丫，即使是把我从省城带到港市的程嘉西大概也已经忘记当初我在省城第一次和他见面的时候使用的姓是陆，而"小丫"和"小雅"的分别，程嘉西根本就不会在意。

我自己也已经很久很久不记得自己是陆小丫了，黎铭又是如何知道的？

我现在对黎铭充满了戒备，如果黎铭真的知道我是陆小丫，我也要尽量让他认为自己认错了人。

"对不起，我是尤雅，请问你是黎铭吗？你什么时候回来的？你爸爸知道吗？"我想尽量地转移话题，并且提醒他，我和他的爸爸有关。

"不，你不是尤雅，你是陆小丫，你不记得我了吗？"黎铭丝毫没有理会我的问话，依然沉浸在自己的情绪里。

救命！除了黎铭很挑剔以外，怎么没有人告诉我他是个神经病。我真不知道我为什么要记得他，我只在婚礼上见过他一面而已。我也不知道黎铭为什么会知道我是陆小丫。不过我唯一确定的是，我现在遇到了一件很麻烦的事。

"小铭，你爸爸这样叫你的，对吗？我也这样称呼你，好吗？我想我们只在我和你父亲的婚礼上见过一面。"我努力让自己的语气缓慢，循循善诱地引导黎铭明白目前的境况。即使黎铭真的通过某种途径知道了我是陆小丫那也没有什么，就算他知道了我是陆小丫的种种故事说到底那还是没有什么，只要他明白我现在是他父亲的妻子，并且我也在努力成为他父亲的好妻子，这就可以了。

为了家庭的平静，我希望他能够明白最好他忘记我是陆小丫，我现在只是尤雅。

"不，不是的，我们早就见过面。在两年前。你想想，你再好好想想。"黎铭也在对我循循善诱。

我企图让他忘记一些什么，他却企图让我记起一些什么。

我在两年前真的见过他吗？真的见过吗？

一 夜 风 流

那是一个普通的仲夏之夜。

因为那天是刘远的生日，我从港市又回到省城。我离开省城去港市，刘远并不知道。刘远更不知道我会从港市回到省城，只为了突然想起今天是他的生日。

其实我根本不应该没有通知刘远就去为他庆祝生日，因为我早已经不是他的女朋友，后来的事实证明这样的突然而至对于他来说根本就不是一个惊喜，而是一种骚扰。可是那段时间我真的很想很想刘远。也许每一个更换城市的人，都会有那么一段时间特别想念原来的城市，更加会想念在原来的城市亲密无间的那些人。

相对于程嘉西给我的自由，我更加怀念以前和刘远那段两个人连体婴儿式的恋爱岁月。或许人就是这样不可满足，得到了一就会想要二，得到了二就会怀念一。

那时候我还保留着刘远所租住的房子的钥匙，和刘远分手时，刘远说他还要继续租着那间公寓，并且让我继续保留那间公寓的钥匙，因为他在"我们的家"等着我随时回来。

女人就是如此容易轻信一个男人的诺言，真的以为自己在曾经的恋人心目中是唯一重要的爱人。其实许多时候，许多女人都只是男人漫长恋爱生涯中的一个过客，即使你得到了婚姻的许可常驻男人的生活，男人们也依然随时随地会开开小差。而对所有的男人而言，当时当地他最感兴趣的那一个，才是他认为最重要的那一个。当然这条重要准则，对女人同样适用。

那天我到了省城，立马就打了一辆车到我们曾经租住的公寓楼下，然后进入我们曾经的"爱巢"。拿出钥匙的时候，我有点紧张，怕打不开门，没有想到我轻易就打开了门锁，我轻轻地推开门，准备给刘远一个惊喜。

没有想到站在我面前的却是一个陌生的男人，他站在门后，手高举着菜刀，瞪大了眼睛，满脸警惕地看着我。

我看到吓了一跳，以为遇到入室抢劫的歹徒，禁不住抱住头高声尖叫起来："救命！"

没有想到歹徒反而放下了刀，一边拍着自己的胸部一边说："吓死我了，你喊什么救命啊，我还想叫救命呢，我还以为你是小偷呢。"

原来如此，我稍微放松了一下，但是立马我就想起来了，这应该是刘远的家啊。我和那个男人几乎同时问对方："你来这里干什么？"

那个男人看着我，想等着我先回答。

我说："这里是我男朋友租的，我来看我男朋友。"

那个男人看着我，"哈哈"一声笑了，说："我可没有你这个女朋友啊。我两个月前就把这里租下了。"

原来如此，那个男人是这里的新房客，房东把钥匙交给了他，而那个男人不知道这个屋子以前就出租给别人了，所以就没有换锁。

最后的结果是，我只能道歉后离开。

出了门，我立马打电话给刘远。我的冷静、聪明、处事周到的优点，在遇到刘远的问题上总是不起作用。也许潜意识里我认为我和刘远是初恋情人又是在学校里认识的，所以总会把对方看得像学生那么单纯，也容易把自己真性情的一面展现给对方。

这个电话，让我错得无以复加。

刘远的电话通了，我庆幸他没有更换电话号码。电话嘟嘟地响了好几声，我有点不耐烦了，这个刘远怎么回事。

终于有人接电话了，没想到是个女人的声音。

"喂，喂，哪个？"

我听到电话里的声音有点犹豫了，不会刘远的电话也更换了，通信公司又把号码重新放给新顾客了吧。

看到我这边没有声音，电话那头的女人更加不耐烦了："喂，喂，谁啊，讲话啊，喂，讲话啊。不说话，我挂了啊。"

其实这个时候我就应该挂上电话。我应该想到刘远的身边正有其他女孩在陪着他。可是那个时候，我的脑子就是转不过弯来，我根本没有想到这一点。或许在我的内心深处一直还以为刘远是我的恋人，即使我离开了，即使我跟了其他男人，我也有权随时联系他。其实之前我提到过以前刘远也和其他女孩发生过关系，我也知道，但在内心深处我把这样的事情看作刘远偶尔的开小差，我以为刘远的心、刘远的人永远都是我的，不管我要不要他，他都是我的。

真是花痴。我只能这样评价自己以前的行为。好了，还继续说那个电话吧。

　　我听到那个女的想要挂电话，连忙说："请问这是刘远的手机吗？"

　　立马那个女人警惕地问："你是谁？"

　　我听到那个女人类似女主人的口吻，反而激发了我的斗志，我也反问她："那你是谁？"

　　那个女的大概猜到了一些什么，她在电话那头笑了，嘲笑地说："我是刘远的女朋友，你是刘远的谁呢？"

　　我很生气，心想我和刘远谈恋爱的时候你还不知道在哪里呢，我不想和这个女人纠缠了，干脆地说："刘远人呢，让他接电话。"

　　那个女的嘲笑地说："那得看刘远愿不愿意呢。"

　　接着我就听到那个女人朝着远处喊："刘远，刘远，有个女的让你接电话。"

　　我听到刘远拖着拖鞋走近问："哪个女的啊？"

　　那个女的继续嘀咕说："我哪里知道啊，说不定是你的老情人呢。"

　　我好希望刘远这个时候能接电话啊。是的，我就是刘远的老情人，那又怎样？不是说情人总是老的好吗？

　　但是刘远却没有接电话，我听到刘远和那个女的嬉皮笑脸地说："哎哟，吃醋了。挂，挂，挂，关机，关机，说好今天我生日就陪你一个人。"

仿佛还有亲吻的声音。

那个女的重新对着我说："听到没有，刘远说挂。"

电话就断了。

我真是自取其辱。先是被陌生男人看作是小偷差点被宰了，接着又被一个刘远的新女友嘲笑了一通。我大老远地从港市来到省城，想要给刘远过个生日，结果却遇到这种事情，真是郁闷到极点。于是我来到了以前在省城经常去的307酒吧。

307酒吧是一个清吧。所谓清吧，就是没有蹦迪，没有节目表演，没有其他服务，只是提供你一个纯粹的喝酒场所。你可以在这个酒吧里喝到各种你想喝的酒，你也可以在酒吧发呆，或者听听音乐，但是其他一切增值服务这里都没有，更加没有三陪小姐之类的骚扰。我一个单身的女士，心情郁闷的时候，相对而言到这种清吧比较适合。所以以前在省城的时候，心情不好的时候，我也经常来这里。

任何心情郁闷的人，到了酒吧就会发现这个世上心情比你更加郁闷的人多的是，甚至泛滥成灾。比如说，我左边这一位男孩就好像到了世界末日。

男孩面前的啤酒瓶已经有好几个了，他正在朝着服务生发火。

"我说了，要啤酒，啤酒，Beer，Beer！"

服务生赔着笑脸说："先生，我知道您要的是啤酒，这就是啤酒啊。"

男孩拿起一瓶啤酒贴在服务生的脸上，说："冷不冷？冷不冷？不冷是吧，我要的是冰啤酒，不是这个。"

服务生说："对不起，先生，我们这里的冰啤酒没有了，一大半都给您了，还有一些被其他客人要走了。"

男孩继续咆哮着："没有冰啤酒，什么破酒吧，连冰啤酒也没有？怎么全世界都在和我作对啊？你是不是在和我作对？啊？"

我刚才正好要了三瓶冰啤酒，本来想要在这个炎热的夏天让我的身体和头脑都冷静一下的。算了，我看不惯客人为难服务人员，把这些冰啤酒给那个男孩吧，我喝不冰的啤酒也没有问题。

"来，这里有三瓶冰啤酒，让给那个客人吧。"我招呼那个服务员。

服务员感激地说："谢谢您，小姐。我马上重新给您拿啤酒来。"

那个男孩看了我一眼没有说话。也许他觉得自己刚才有点刁蛮了吧。酒吧里什么人都有，我没有去管他。

一会儿服务生过来，给我重新拿了五瓶啤酒过来，说："我们老板说了，谢谢小姐帮忙，另外两瓶啤酒算老板请客。"

"不用你们老板请客，这位小姐喝的啤酒都算我请客。"左边的那位男孩开口了。

服务生识相地说："好，好。"随即走开了。

我冷冷地看了男孩一眼，没有搭理他。想泡我？本小姐今天没心情。

看到我没有搭理他，那个男孩也不再说什么了，他把打开的啤酒不用酒杯直接对着喉咙一通猛灌，把胸前的T恤浇湿了。幸亏是夏天，如果是冬天有得他受呢。他这样灌下去，不出半个小时肯定会醉了。我看他好像没有同伴来，单身在酒吧里喝醉是一件很麻烦的事情，因为没有人照顾，说不定会干出什么出格的事情或者躺在哪里不省人事。我多管闲事的毛病又犯了。

"哎，那个谁，喝酒可不能这样喝啊？"我叫他。

那个男孩一脸迷茫地看着我，说："不是这样喝，那应该怎样喝？"

白痴一样的问题。

我只能补充解释道："你这样喝会醉的。"

那个男孩听了这话，说："醉了更好！"说完重新又拿起啤酒对着喉咙猛灌一通。

看他不搭理我的提醒，我的倔脾气又上来了。今天怎么事事不顺？连一个善意的提醒都没有人听？

"你一个人来的吧？你这样醉了，没有人送你回去，只能在最后被酒吧服务员抬出酒吧放到马路边昏睡到天亮！"我大声朝他喊。酒吧的音乐这会儿大了起来，我只能扯着嗓子对男孩喊。

男孩愣了愣，停住了喝酒。

我不屑地笑笑，回过头去不理他，一看就是不经常来酒吧的愣头青。

"那酒吧里就没有人喝醉吗？"男孩傻傻地问我。

"当然有！那他们都会有人送回家。除非你也能找个人送你回家。或者你希望被人扔到马路上，那你就尽情地喝吧。"我决定这是我最后对他说的话。我觉得这个男孩不是智商有问题就是不经常出来玩，跟他说什么都很费力。

男孩不喝酒了，他挥手招呼服务员。一会儿服务员来了，他比画着向服务员要东西。

过一会儿服务员拿来了纸和笔，男孩飞快地在上面写着什么。

肯定是存酒单。省城所有的酒吧，酒水售出后概不退还，你喝不完可以免费存放在酒吧，在一定的期限之内可以随时取出来在酒吧喝完，我以前也写过类似的存酒单。那个男孩终于还是听了我的建议。

我不去管那个男孩了，自己烦心事情也一大堆呢。我把酒杯里的酒倒满，望着酒吧幽暗闪烁的灯光发起呆来。

刘远不是我的，程嘉西不是我的，天底下两条腿会走路的男人那么多，哪个才真正属于我，并且唯一属于我？

突然我的手心里被塞进什么东西，我抬头一看是那个男孩。

我有点恼火，他还有完没完啊，我刚才真不应该理他！我正生气着想要开口说他，男孩先朝我微笑着开口了。

"你不是说我喝醉了没有人送我回去吗，那现在我把自己交给你了，我想你不愿意看到我睡到马路上吧？好了，现在我可以痛快喝酒了。"

男孩说完就回到自己的座位上去了。

　　我狠狠地瞪着那个男孩子，我今天真是霉星高照，管了一件闲事结果碰上无赖了，惹事上身。我打开手心，发现是一张纸条，上面写着：四季酒店 1212 房间，谢谢。

　　救命！这位男孩真是做得出，难不成把我看作是雷锋了？男孩还在斜眼看着我的反应，我把纸条在他面前晃了晃，然后把它放在桌上的蜡烛上点燃，扔在烟灰缸里。

　　想让我把喝醉了的你送回家？你做梦去吧！我心里想着。我招呼服务员过来，要求换一个座位。

　　我离开座位的时候，男孩在看着我，带着一种无所顾忌的眼神在大口喝着啤酒。

　　喝吧，喝倒吧你，本小姐不奉陪了。惹不起我还躲不起吗？永别了，愣头青！

　　没有想到我最终还是没有摆脱这件麻烦事。因为酒吧刚才换啤酒的那个服务生把我叫了过去。我看到那个男孩终于如我意料的那样，喝得瘫倒在座位底下。

　　"我不认识他。"我冷冷地对服务员说。

　　服务员礼貌地说："小姐，我也知道你原来不认识他，但是好像你们刚才认识了吧。他说你知道他的地址。"

　　天啊，我以为这个男孩是个呆头呆脑的傻瓜，没有想到他把后路铺得那么完整，不仅仅让我看到了他的地址，还在喝醉酒之前告诉服务员我知道他的地址。我居然被这个愣头青给算计了！

"知道他的住址又不是我愿意的，我也可以让你知道他的住址是四季酒店1212房间，你们送他回去吧。"

"小姐，既然他让你知道他的地址，并且告诉我们指明让你送他回去，说明他信任你。酒吧那么多客人为什么他没有委托别人，偏偏委托你呢？小姐，你就算帮帮忙吧，你看看我，哪里走得开？"

服务员指着酒吧其他的几个喝醉酒的客人。

我真是有口也说不清了。怎么办呢？我生气地踢踢在地上昏睡的男孩，那个男孩换个姿势继续睡觉。他倒好，喝醉了，呼呼一睡，什么也不管了。

就当做善事吧。我让酒吧服务员帮我一起把那个男孩送到出租车上，然后打车去四季酒店，又在酒店服务员的帮助下，把那个男孩弄到了床上，并且和服务员一起帮他脱去了吐脏的T恤和牛仔裤，把他塞进被子里。

我一个女孩弄这样一个喝醉后的大男孩回来睡觉，简直把我累得半死。看到他在四季酒店舒服的大床上香甜地睡觉，气得我把他蹬到一边，自己也躺到床上，想要稍微休息一下，然后再离开。没有想到我这一睡就睡到了第二天的中午。

第二天的中午我醒来的时候，那个男孩已经不在了。我打电话给服务员，服务员说房间已经结完账了，我可以一直睡到第三天的中午。估计那个男孩怕我一觉睡到下午或者晚上，四季的结账时间是每天中午的十二点，这一点倒是很细心的。

挂电话之后，我回头看到枕边有一沓钱，整整有两千，我笑了。

真是一个愣头青，他肯定是把我当成做那种生意的小姐了，他不知道我和他之间根本就没有发生什么吗？再说就算和小姐有了什么，他也不用吓得先行离开了吧。一定是一个从来没有经历过女人的男人。

不过这钱我也受之无愧，就当是昨晚送他回来的劳务费好了。这倒是我这趟来省城意外的收获。

看到我回忆的神情，黎铭很激动地说："想起来了，是吗？小丫你一定想起来了吧？"

是的，我是想起来了，可是我怎么能够承认我是陆小丫，先不说别的，仅仅就我和黎铭曾经躺在一张床上过了一夜这件事，就让我根本无法承认，我现在的身份可是他父亲的妻子啊。更何况这个小子，好像还认为我和他之间曾经发生过什么。

天知道两年前我根本没有在意的一件事情，怎么会祸及今天？我早就忘记了这件事情，我也根本不记得那天的那个男孩长什么样，在酒吧里的时候，灯光黑暗得我根本就无法看清楚，到了酒店他酩酊大醉我也没有兴趣去看他，而且我也很快睡着了，第二天我醒来的时候，他就已经走了，让我哪里记得他？

不过我也奇怪，黎铭又是如何记得我的？又是从哪里知道我是陆小丫的？

这些不去管了，现在主要的事情是绝对不能承认，并且立即结束这场谈话。

"小铭，我想你一定是记错了，如果我认识陆小丫我一定告诉你，好了我该吃早餐了，我想你的早茶柳师傅也已经准备好了，赶紧下去吃吧。"

黎铭看到我还是没有承认，神情变得万分沮丧，他好像很痛苦。

黎铭嘶哑着声音说："你明明想起来了，你明明想起来了，你怎么就不愿意承认呢？小丫，你一定是在怪我是吗？你一定是在怪我。"

说话间，黎铭紧抓着我胳膊的手松开了，我立马离开秋千，准备离开屋顶花园。

　　我听到黎铭在我的身后喊："小丫，你不要怪我，我后来回去找过你，我不是一个不负责的男人，我这两年一直都在找你，一直都在。我会让你原谅我的。"

　　原来黎家大少爷不仅仅是一个挑剔的人，更加是一个偏执狂和妄想症患者。什么不负责的男人，就算我真的在那一夜和他有过什么，也犯不着让他为我一辈子负责，我又不是圣女，不可玷污。如果真的那样，那得有多少男人要为我负责啊。再说，他想为我负责，还得看看我愿不愿意呢。我现在可只想让他的父亲一个人为我负责，他不要来搅局，我就谢天谢地了。

　　我打开屋顶花园的门，头也不回地走下去。

　　有时候生活就是这样，你越是期待某件事，生活就越是不能如你意。

　　就像现在，我非常希望能够和黎铭少见面最好不见面，可是当天晚上黎昌盛就告诉我，我们全家要在一起吃晚餐，以此来迎接黎铭的回来。

　　黎洁也特地为了这顿晚餐，从学校开车回来。看得出来，黎洁和黎铭兄妹的感情非常亲，黎洁一回来，没把车放进车库，就奔跑着上楼来，一边跑一边叫着："哥哥，哥哥。"

这是黎洁少有的小女儿情态的自然流露，平时她的举止都像一个教养良好举止稳重的淑女，就算再急的事情她都会悠然地做，更加不要说奔跑了。

黎铭听到黎洁的声音，也从房里跑出来。自从早上我和黎铭的那场谈话之后，黎铭一整个白天都没有出自己的房间，而我也正好乐得不去和他打照面。

黎铭出来的时候，我从房间出来准备看看晚上的菜单，正好和黎铭面对面看见彼此。

看到我，黎洁微笑着和我打了个招呼。

"下午好。"

"下午好。"我也这样微笑着回应黎洁。黎洁很少称呼我，也许是她不知道叫我什么比较合适吧，我也不介意她这样做。

黎铭看到我，眼神盯住我不放。我有点感觉不自然。

也许黎洁看到哥哥这样，觉得不太妥，连忙拉过黎铭说："你们不认识吗？哥哥，你在爸爸的婚礼上见过她，你忘记了吗？"

我听到黎洁这样说，连忙想要说一些话轻松一下气氛，没等我开口就听到黎铭一语双关地说："我哪里会认得婚礼上的新娘就是她啊？"

我微笑着说："不怪小铭不认得，结婚那天我的那个新娘妆化得太浓了，我自己都几乎认不出自己了。现在我们重新认识一下吧，小铭，欢迎你回家，我是尤雅。"

我也一语双关地回应黎铭。

黎铭没有接话，黎洁着急地摇了摇黎铭的胳膊，想让他说话。

黎铭："好，你叫我小铭，那以后我叫你小雅可以吗？"

我知道黎铭口中的那个"小雅"其实是"小丫"。

黎洁急了，脱口而出制止道："哥！"

我展开我更加灿烂的微笑说："当然可以啊。小洁你和小铭聊吧，我去厨房看看去。"

我连忙避开黎铭的眼神，留下他们兄妹俩在小声地说话。

我听到黎洁埋怨道："哥哥，你怎么啦，怎么可以这样不礼貌？爸爸结婚的时候不是问过你意见的吗？你不是说这是爸爸自己的事情不干涉的吗？怎么现在对她这个态度？"

我听到黎铭在说："那时是那时，现在是现在。"

黎洁很奇怪地问："那时和现在有什么不同吗？"

黎铭噎住了，接着说："我怎么了？我对她也没有怎么啊。"

接下来的话，我就听不见了。不过这样最好，希望黎铭把我们的事情对谁都不要说。

看来我在黎家的麻烦，才刚刚开始。

当晚，柳师傅做了丰盛的菜肴，当然其中主要的菜肴是为迎接黎铭回来而做的西餐。

黎昌盛、黎铭、黎洁还有我坐在客厅那张长方形的餐桌旁，每人各坐一面，黎昌盛和我面对面而坐，黎铭和黎洁面对面而坐。黎家的人比较西化，晚宴照例实行的是分餐制。

晚餐的时候，黎铭和我都尽量显得若无其事，倒是黎洁经历了我和黎铭下午的对话，看得出来有点紧张我和黎铭的关系。

王嫂特地送过来冰啤酒，对着黎铭讨好地说："小铭，你的啤酒已经冰好了，你要几瓶？"

提到冰啤酒，我就想到和黎铭认识的起因，黎铭肯定也想到了，不自然地瞥了我一眼。

黎昌盛笑着招呼道："对，今天大家都喝一点酒，今天难得团聚。来，王嫂给大家都上酒。"

王嫂说："好。老爷，上什么酒呢？"

黎昌盛说："老规矩，各人自己点。给我来一点红酒吧。"

黎洁说："我也来一点。"

王嫂问我："太太呢？"

"也给她冰啤酒吧。"我还没有回答，黎铭就抢先给我回答了。

全家都看着黎铭。

黎铭发现自己的讲话不妥，连忙解释说："总不能让我一个喝啤酒吧，小洁陪爸喝红酒，我就陪着喝啤酒吧。"

黎昌盛听了"哈哈"笑了几声，说："好是好，可是小铭你应该先问问小雅的意见，你忘记了尊重女士这条绅士准则了吗？"

我怕破坏晚宴的气氛，连忙说："可以啊，我就喝啤酒吧。为了迎接小铭回家，我喝点啤酒应该的。"

黎昌盛探过身问我："小雅，你想喝什么就喝什么，如果你不要啤酒，就说啊，自己人都不必客气的啊。"

黎昌盛真是一个好丈夫，总是给我时时刻刻的温柔关注。我欣赏他在此刻的表现。

我开着玩笑对黎昌盛说："你忘了，我的酒量还是不错的。"

我指的是第一次和黎昌盛见面，在他老师家里喝酒的事情。

黎昌盛也回忆到了那天的情景，更加开心地笑起来，说："哈哈，你不说我真的还差点忘了，好，你就和小铭喝啤酒吧，小铭的酒量也一向很好的，啤酒小铭可是基本上每顿正餐都要喝的，小铭有句名言哦，叫什么……"

"啤酒不是酒，是饮料。"黎洁笑着接上黎昌盛的话。

黎铭很不自在。我也很不自在。但我们都要假装很自在，黎昌盛和黎洁笑的时候，我们也要跟着笑。

"太太，你要几瓶呢？"王嫂接着问。

"尽量多拿一点过来，反正谁要是喝多了，就在家里好好休息。"黎昌盛说。

"给太太至少要拿三瓶冰啤酒来。"黎铭又加一句。

黎铭想要还那天在酒吧我给他让三瓶冰啤酒的人情吗？他要是想还，我希望他还过之后就不要把那天的事情记在心上。可是显然，我这是幻想。

黎家的晚宴，菜式虽然繁多但是分量正好，但菜基本上分到每个人的盘子里，正好够一个人吃完。

一圈酒喝完，黎铭开口说话了。

"爸爸，这次我回来，给每个人都带礼物了，王嫂到我房里把礼物拿出来，就是那个黑色的行李箱。"

很快王嫂把行李箱拿来了。

黎铭离开座位，打开行李箱。他们黎家的男人，似乎都有给人带礼物的习惯。上次黎昌盛给我带了一整箱香水，给了我一个大大的惊喜，不知道这次黎铭会给我怎样的一个惊喜。

黎铭拿出一个丝绒布的小礼盒，双手递给黎昌盛，说："爸爸，这是哈瓦那的雪茄。上次你说喜欢，我看到给你带了一些。"

黎昌盛高兴地接过，说："谢谢你，小铭。难为你还记得。"

黎铭接着又拿出三个一模一样的盒子，对着大家说："这次香奈儿出了限量版的包包，我买了三个，我想一个给小洁，一个给太太，一个给一个女孩。"黎铭一边说，一边把包递给王嫂两只，王嫂分别递给黎洁和我。

香奈儿的限量版包包，一下子买三个，也真是只有黎家的男人才会对女人这样好。

黎洁接过包，好奇地问："一个女孩？哥，是哪个女孩？你有女朋友了吗？怎么没听你说啊？"

我也好奇地看着黎铭，我真希望黎铭真的能够有女朋友，那我就不用担心什么了。

黎昌盛也微笑地看着黎铭说："小铭，你年龄也不小了，可以谈女朋友了，改天带她回来看看。"

黎铭很奇怪地一笑，说："这个女孩我是两年前认识的，我一直在找她，也许现在她已经嫁人了，用不着我送包了。"

顿时我明白了，原来黎铭说的那个女孩就是我，那个包也是买给我的，只是他没有想到这两个包将会送给同一个人。

我的脸上火辣辣地疼。

黎昌盛用一种不同意的口气说："小铭，你这样说哪像我们黎家的男人。要是真的喜欢，找不到，就继续找。即使她结婚了，也得找到她告诉她这两年你一直在找她，说不定她也是因为等不到你才结婚的呢，那就可以和她的丈夫来一个公平竞争。更何况，两年的时间，很有可能这个女孩还没有结婚呢。你怎么可以用这种气馁的口气说话呢？这可不像平时的你啊。"

黎昌盛啊黎昌盛，你知不知道你在鼓励你的儿子和你竞争你的新婚妻子。

"爸爸，假设那个女孩结婚了，我真的可以和她丈夫公平竞争吗？"黎铭很期待地问。

"当然可以。只要你的公平竞争是礼貌的、绅士的、不让那个女孩难堪的，就可以。"黎昌盛继续鼓励黎铭。

"那样不好吧，爸爸，那是不是等于在间接拆散人家的家庭？"黎洁不同意黎昌盛的话。

"如果拆散的是一个不幸福的家庭，那有什么关系？只要你能够给那个女孩更好的生活，就没有错。至于那个男人，如果足够爱那个女孩，也一定希望她能够过上更好的生活；如果不爱那个女孩，那就更加理所应当了。公平竞争是强者生存和发展的基本法则。这和做生意一个道理。"原来黎昌盛想要借这个事情来告诉儿子生意上的竞争规则。

"我还是觉得那样不太好。我希望所有的事情都不要如此激烈地冲突。缘分天注定，没有必要强求什么。"黎洁柔声细语地说。

黎家的人真是有意思，我没有想到在家里，黎昌盛允许子女这样和他讨论问题，并且讨论的是如何追女孩子这样的问题。

"你觉得呢？"黎铭突然转过头问我。

我一下子不知道说什么，全家人也都在看我。

说实话，我很欣赏黎昌盛那样有男人气概的做法，但问题是这个话题的女主人公就是我，我可不想经历这样的竞争。好不容易安逸下来的生活，我不希望再卷入任何的是非。弄得不好，最后父子两个人我都要不到。

"小雅，你也说说你的意见。在这个家里，任何人的言论都是自由的。"黎昌盛用鼓励的语气对我说。

没有哪个时候，我像现在这样紧张。我说什么好呢？其实我说什么都不好。但我又不能不说。

"我想，等小铭先找到那个女孩，问过那个女孩再说吧。"我含糊其词地说。

"对，小铭，你应该先找那个女孩再说，说不定她也在等你呢。也像小雅说的那样，问问女孩自己的意见。还是那句话，一定要尊重女孩子自己的意愿。"黎昌盛说。

"好，那我就改天找到那个女孩子，问问她的意见。"黎铭笃定地说。

我真恨自己刚才应该什么都不说，这下又把问题引到自己身上来了。

"小铭，谢谢你的礼物。"我岔开话题。

"哦，对了，小铭这次回来，还是不要回加拿大上班了吧，过来帮帮我，最近公司的事情有点多。我结婚以后第二天就出差了，连蜜月都没有陪小雅过。再说公司的事情你总是要慢慢接手的。"黎昌盛对着黎铭说。

我听到黎昌盛这样说，口中的啤酒差点喷出来。本来是说黎铭过完圣诞节和元旦节后就回加拿大，现在，难道我从此以后要和黎铭天天见面吗？上帝保佑，黎铭千万不要答应。

"好的，爸爸。我本来也想跟你说，我这次回来暂时不回加拿大了。"黎铭的回答彻底打碎了我的希望。

好吧，兵来将挡，水来土掩。上有政策，下有对策。既然上帝存心不给我过安心日子，那么就让我继续投入到和命运的战斗中去吧。

这顿晚宴，也许是我吃过的最沮丧的晚宴了。虽然我得到了一个礼物，但是我得到了一个大大的麻烦，并且这个麻烦似乎才刚刚开始。

人倒霉的时候，喝凉水都要塞牙。麻烦的事情不止黎铭这一件，它们接踵而来。

情人不是老的好

　　不用等黎铭参与到黎昌盛和我的婚姻中来，黎昌盛和我的婚姻自己就出了问题。

　　事情还要从程嘉西说起。我和程嘉西的最后一次联系是电话联系，就是那个我结婚前两天在酒店深夜的电话，电话里程嘉西以我和他的关系要挟我在黎昌盛面前给他弄点生意做做。后来不用我开口，黎昌盛主动说已经给他项目做并且不会来参加我们的婚礼之后，我和程嘉西再也没有联系。

　　我很相信黎昌盛的能力，我相信他既然能够让程嘉西不参加我们的婚礼，就一定也能够让程嘉西就此在我的生活里永远消失。

　　是的，程嘉西在我的生活里消失了，可是他并没有从港市消失。在同一座城市生活的人，总有碰见的可能。于是，某年某月某一天，程嘉西又一次在命运的安排下意外闯进我的生活。

那天是圣诞节前的一周，我上街准备给黎家的人挑一些圣诞礼物。来而不往，非礼也。黎昌盛和黎铭都送过礼物给我，我也得找个适当的机会还赠礼物给他们。而且这也是让我和黎家人相处得更加融洽的一个重要机会。

港市的最高档商场是隆基广场。给黎家的人挑礼物自然要到港市最好的商场，再说了我的钱也都是黎昌盛给的，也算是羊毛出在羊身上。

在用钱上我一向想得通并且大方。对于这一点，我的死党艾艾却永远表示不理解。艾艾有藏私房钱的习惯，艾艾说女人应该有些钱备着，这些钱不能让自己的丈夫知道，更加不能让自己的婆婆知道，万一女人需要用钱家里人不支持，就可以拿出自己的私房钱从容做自己想做的事，这叫有备无患。而且艾艾认为那些丈夫或者公公婆婆给的钱，给了就是艾艾自己的了，再拿出来哪怕还是花在给钱人的身上艾艾也不舍得。

对于艾艾这样的心态，我从来都表示理解。因为艾艾也是全职家庭主妇，没有任何收入，她的所有钱都是丈夫给的，而丈夫的钱说穿了都是公公婆婆的，因为丈夫在公公婆婆的支持下开着一个不死不活的公司，不要说盈利了，每年不亏损就已经谢天谢地了，平时的家用都是公公婆婆负担。艾艾不敢随心所欲地花钱，有一些花的钱是不能够让别人知道的，尤其是不能让公公婆婆知道。比如一个两万多的包，她婆婆自己都从来没有舍得买下，而艾艾毫不眨眼地就买了，这能够让她公公婆婆知道吗？知道了之后她婆婆会怎么想？

艾艾自己出身普通人家，嫁进高家算是飞上枝头变凤凰了，艾艾认为既然高家经济实力雄厚，她从此以后就应该过上凤凰一样的生活，吃住穿都应该享受到尽可能的好东西，对于这一点，她丈夫高浩明倒是一直表示默认。毕竟每一位先生都有让自己妻子过上幸福生活的义务。但是他们高家的财富毕竟是他公公婆婆白手起家苦苦奋斗而来的，所以艾艾的婆婆一直用钱很节俭，甚至节俭到了过分的程度，这样的婆婆遇见了喜欢高消费追求奢侈品的艾艾，自然是百般看不惯。所以艾艾总是有藏私房钱的习惯。

而自从我嫁给黎昌盛之后，黎昌盛从来没有过问过我的消费。在我答应黎昌盛求婚之后，黎昌盛就给了我一张黑卡，是挂在黎昌盛主卡下的附属卡，每个月可以无限透支，到下一个月由黎昌盛负责还账。平时我就用这张信用卡消费，不管我花在什么方面，花了多少，黎昌盛从来没有问过我。至于现金，黎昌盛从来没有给过我。所以，一方面我用不着像艾艾那样藏私房钱，以此支撑我的消费，另一方面我也没有私房钱可藏。

我喜欢逛隆基广场不仅仅因为里面都是一些顶级品牌，更加是因为隆基的购物环境很好。从严格意义上来讲，隆基是一个超大的购物中心，上下四层，中间挑高，宽阔而又明亮，每层由一间间独立的品牌店构成，因为隆基里面的东西都价值不菲，所以隆基里面每家店都是门可罗雀。一是因为人少，二是因为这些顶级品牌店的服务员都经过很好的培训，所以我在隆基享受到的服务从来不会打折扣。每个服务员都是对你微笑服务，无比耐心。不像我在老家的时候，因为没有钱，所逛的商场都是大众商场，似乎永远都在打折或者促销，买四百送四百，或者买一百五送什么礼金券，无论什么时候去都是人气无比旺盛，服务员也都是永远忙得团团转，不要说给你什么耐心周到的服务了，只要你试穿衣服超过三件还没有决定买，服务员就会流露出不耐烦的神情。或者是那些流行购物广场，每一家都在地底下，每一个广场都永远只卖那些小女孩穿的衣服，毛衣永远都是穿几天起球的或者洗一遍缩水的，内衣永远都可能让你皮肤过敏的，价钱永远都是可以对半砍的，试穿之后不买永远都会让店主跟你吵架的。

隆基的一楼是一些顶级品牌的服装店，香奈儿是我喜欢的牌子，照例我要去看一下，看看有没有冬季的新款服装。我一走进门，香奈儿店的三号店员就迎了出来。这些顶级品牌店的服务真的是无可挑剔，我第一次来这家店就是三号店员给我试衣，结果我第二次来的时候，三号就认出我了并且很自然地迎了出来，更值得夸奖的是她连我衣服的尺码都记得一清二楚，以后我去这家店，都是三号为我服务。

"有没有今年冬季的新款大衣？"我问三号。

"有，您稍等，我给你马上拿过来。"三号微笑地回答。

三号很快给我拿来了 M 号的大衣。

我走进试衣间试衣。此时，听到外面有一个女人用尖锐的嗓音大声地呵斥着店员。

"怎么给我这件衣服？难道你们店里就只有这些便宜货吗？"那个女人说。

"小姐，那您看中了哪一款，告诉我们，我们立马给您去拿。"服务员依然在礼貌地服务。

"我不是让你们给我推荐一款适合我的吗？否则要你们这些服务员有什么用？算了，算了，把你们这里最贵的衣服拿出来吧。"女人依然在嚣张地说。

救命！最贵的衣服？她倒不如把金子直接穿在身上得了。在这些顶级品牌店里，经常会看到这些暴发户的女人，唯恐人们不知道她有钱，开口闭口就是最贵的，价格最高的。言词粗鲁，分贝过高，神情夸张，一丝一毫都配不上这些顶级品牌完美的设计、精致的细节。可偏偏她们有钱，可偏偏她们就是要买这些出身名门的服装，并且很可能把这些衣服穿得像地摊货一样。

一直以来，我都希望这些顶级品牌店能够全部实行会员制，只卖给那些教养良好举止得体的人，对于一些不合适的客人，无论他们付多少钱，都不要把这些精品卖给他们，否则实在是对不起设计师们的心血。更何况，有时候，那些粗鲁的市侩妇女，会把一件华服变得像一块身上的抹布，实在是糟蹋设计师的心血。

那个女人依然在挑三拣四，我的衣服也穿好了，我正好也要走出去照镜子，并且见识一下那个可以买得起最贵的香奈儿服装的女人。

这一打开门，我就看到了程嘉西。程嘉西搂着那个高声尖叫的女人，看样子是他买单。我看到他，第一反应是立马继续躲进试衣间，不去见他，可是来不及了。我的三号服务员看到我一出来，就走近我。

"尤小姐，真漂亮。这款大衣令你看起来气质高贵极了，非常合适！"三号赞美道。

听到三号的赞美，那个女人也转过头看我，程嘉西自然也转过头看我。

程嘉西一看到我，紧搂着女人的手不由自主地松开了。

我假装没有看见程嘉西，程嘉西也没有和我打招呼。

"谢谢，那就麻烦你把这件衣服包起来吧。"我也客气并且礼貌地对三号说道。

那个女人应该看看，怎样才是一种对待服务员应该有的态度。

"好的，请稍等，尤小姐。您需要继续看看我们店的其他衣服吗？"三号问道。

"你，过来，把她刚才穿的那件衣服拿过来给我试一下。"那个女人突然插话进来，指着三号说。

程嘉西对女人的品位怎么要求越来越低了，这个女人艳是够艳，但是艳得过于单薄，没有教养的漂亮女人只能成为泄欲的工具而不能成为爱的伴侣，甚至到最后让男人连发泄的欲望都提不起。这样的女人，程嘉西怎么能带她来这种场所？不过我也许高看程嘉西了，也许程嘉西也只是要找一个泄欲的工具而已。更何况程嘉西本身也是一个非常市侩狡猾的人。

想到我以前也做过程嘉西的情人，我的心里就难过得要死。

我怎么可以和这样的男人度过了我青春岁月中芳华灿烂的两年？我怎么可以忍受这样粗俗、这样品位低下的男人整整两年？

"哎哟，我的车钥匙好像还在车上呢。妮妮，我们回头再过来看，走走走。"程嘉西突然拉着那个女人就往外走。

原来那个女人名字叫妮妮。想必也不是真实姓名吧。

"不会啊，我记得你拔出来了啊，先到包里找找吧。"那个女人还不愿意走。是啊，好不容易逮住一个男人愿意带她来隆基逛逛，还没有买到东西呢，就要撤退，怎么会心甘情愿呢？

想当初程嘉西可从来没有带着我来隆基逛过，估计现在程嘉西手头比较宽裕了，看来黎昌盛给他的肉还是比较肥的。

"找过了，找不到。赶紧走，走。"程嘉西几乎是拽着那个女人离开的。

说实话，我根本不相信程嘉西的车钥匙还在车上，这只是程嘉西避开我的一个借口而已。他能够这样做，我已经觉得很好。

最好的旧情人就是，分手以后永不打扰。即使无意中再撞见，也要装作毫不认识。

程嘉西带着那个女人离开，三号帮我去包衣服，我去付账。世界恢复平静，生活照常进行。没有人会知道我和程嘉西的这次偶遇，我也会努力将它忘记。

我把隆基上下四层逛了个遍，终于挑选好所有的礼物——给黎昌盛挑选了一支 Montegrappa 的钢笔，给黎铭挑选了一打阿玛尼的手帕，给黎洁挑选了一条爱马仕的丝巾。

都说礼物是一种非语言的表达方式，我挑选的每一款礼物自然也都有我独特的心思和寓意。

在黎铭回来的几天里，我发现黎铭很喜欢阿玛尼这个品牌，也许是这个品牌的设计很符合黎铭的审美吧，而黎铭又是非常讲究的一个人，连他用的阿玛尼的手帕都要王嫂拿到五星级饭店去干洗。我给黎铭选择阿玛尼的品牌是防止他不喜欢我挑选的礼物，至于手帕，那自然是希望这些手帕能把我和黎铭之间的过去统统抹去。

给黎洁挑选爱马仕的丝巾，是因为黎洁本来就有好几条爱马仕的丝巾。

而我之所以给黎昌盛挑选笔作为礼物，更是有一段故事。

黎昌盛原来一直用的一支笔的品牌叫 Aurora，那是一支很好的钢笔，黑色的外表沉稳却华贵，书写起来也很有手感并且流利。据说英国查尔斯王子也是用的这个品牌的笔。可是我却很不愿意见到这支笔，因为新婚之夜黎昌盛要我签下那份莫名其妙的结婚协议，用的就是那支笔。

本来我还没有那么讨厌那支笔，可是有一个周末，大概本周的事情还没有做完，或者有什么重要的事情要办，黎昌盛留在家里也办公，他的手下把文件送过来，他就在书房签着这些文件。我给黎昌盛送咖啡过去的时候，正好黎昌盛要签一份很重要的文件。

　　我只听到黎昌盛开玩笑地说："你们放心好了，我这支笔还从来没有签过让我亏损或者对我不利的文件呢。大家就等着看好消息吧。"

　　接着我就看到黎昌盛拿着那支笔，潇洒地在文件上签下他的大名，就像那天潇洒地在结婚合约上签下他的大名。

　　"从来没有签过让黎昌盛亏损或者对他不利的文件。"这句话深深刺痛了我。换言之，我和黎昌盛签的那份婚姻合约是一份对我不利的文件。

　　这之后，每次我看到黎昌盛的那支笔，我就会想到那句话，想到那份合约。再说了，查尔斯王子用过的笔，可不是什么吉祥之物，我可不想遭遇黛安娜王妃那样的命运，死都不知道怎么死的。

　　所以我决定，要让那支笔在我的面前彻底消失。

　　让那支笔消失的最好办法，就是让另外一支笔代替它的位置。Montegrappa 的笔诞生于 1912 年，是一个意大利品牌，据说西班牙国王和古巴总统都用过这个牌子的钢笔。仅仅这个理由就可以让黎昌盛用这支笔了，做什么王子啊，要做就做国王，黎昌盛就是黎家的国王，恒通建设集团的国王。我给黎昌盛挑选的这款笔是金色的，外表有着精美的浮雕，放笔的收纳盒是用手工缝线制成的，由手感细腻的小羊皮和防止纯银氧化的特殊绒布制成，精美绝伦。

我很满意今天挑选到的礼物。我带着满足的心情，拎着这些购物袋，来到隆基的地下停车场，还没有走到我的车面前，我就看见程嘉西从不远处向我走过来。

看着程嘉西一步步朝着我走过来，我的心跳也加速起来，环顾四周，我发现我无处可躲，我索性停下脚步，等着程嘉西朝我走来。

我盯着程嘉西的脸，还是一如既往的肥头大耳。我打量着程嘉西的全身，虽然与以前相比换了一套行头，但还是那么大腹便便、脑满肠肥。

我不知道程嘉西特意在这里等我究竟是为了什么，我想我应该先开口。

我绽放我灿烂的微笑，用一种从容礼貌的口气说："您好，程总，好久不见。"

程嘉西哈哈大笑两声说："你好啊，黎夫人，我们是好久不见了，恐怕你快把我忘记了吧？"

我也笑了几声，说："不敢忘。不过美人当前，程总不是快把我忘记了，而是已经把我忘记了。你的女朋友很漂亮啊。"

程嘉西的大脸凑近我说："亲爱的小雅，你在吃醋吗？"

我更加大声地笑了两声说："吃程总醋的人多的是，我怕自己排不上队。"

程嘉西依然用一种轻佻的口气说："你不用排队，我的前门后门随时都为你打开。"

我知道我要改变一下谈话的气氛了，我立即收敛住笑容，正色道："程总特意在这里等我，有何贵干啊？"

程嘉西立马用一种故意的口气说："特意在这里等你？噢？我有吗？我想黎夫人误会了，我们这是巧遇吧，哈哈。否则黎总怪罪下来，我可吃不消啊。"

我立即明白了，果然黎昌盛叮嘱过他不要再来找我。可是黎昌盛究竟知道了什么？为什么会这样叮嘱。难道黎昌盛对我在乎到连原来的老总都不可以见我的程度吗？恐怕不会是这么弱智的原因。可是黎昌盛究竟知道了什么？难道他知道我和程嘉西的关系吗？那他为什么还愿意娶我？

知道了程嘉西忌惮黎昌盛之后，事情就好办多了，我知道程嘉西今天不会对我有什么不利的行为的。

"噢，是的，今天真的是很巧啊。那么我不耽误程总和美人约会了，我们后会有期。"我转身想走。

程嘉西在后面慢腾腾地说："黎夫人这么急着回去见黎总吗？黎总这会儿恐怕还在公司，没有时间陪黎夫人缠绵吧。倒不如我们故人之间谈谈，或许对黎夫人有所帮助。"

对黎夫人有所帮助？呵呵，程嘉西太小看我了，他以为这样的诱饵能引起我的好奇吗？再说了，他程嘉西凭什么会帮助我？所有的帮助，其实都不是免费的。总要你付出这样那样的代价。程嘉西所谓的对我的帮助，其目的无非就是为了交换我对他更大的帮助。

关于他程嘉西，我想我的丈夫黎昌盛给他的"帮助"已经够多了，否则他怎么能够有钱来隆基购物泡妞？

"感谢你的提议，可是今天我没有时间，再见。"我回过头对程嘉西说了一句话，然后继续走向我的车。

"哈哈，总有一天你会来找我的，不就是一年吗？我等得起。"程嘉西在背后咬牙切齿地说。

又是"一年"！

凭什么程嘉西认为我一年之后会去找他？程嘉西仿佛知道一些什么。难道黎昌盛和我签署的婚姻合约，程嘉西也知道？他是怎么知道的？难道是黎昌盛对他说的吗？

看来，我以为的现在的生活是幸福生活，我的丈夫是一个合格的老公，这些都是我的臆想。

也许我真的需要好好了解一下黎昌盛，不过这不需要任何人的帮助，我决定亲自动手。

黎昌盛再一次消失了。

这一次的消失确切地说并不是消失，因为在从隆基购物回家的路上黎昌盛给我打了一个电话，电话里他一如既往地简单直接，充满了黎昌盛式的不容置疑。他告诉我他要出去几天，然后就挂断了。至于去哪里，干什么，要多久，一概没有说。

仿佛黎昌盛知道我想要弄清我们的婚姻，因此选择了离开。

我又一次感觉到了新婚时的那种不知所措，这么多天的亲密相处仿佛只是一场梦，或者只是我自欺欺人的一种幻想，幻想中，我和我的丈夫是相亲相爱的，醒来，却并不相识。

更让我无措的是，黎铭似乎真的有常住在家的可能。而黎洁依然在家中像个隐形人，基本没有她的声息。

整个家，似乎只剩下我和黎铭两个。

整个世界，似乎都在等待一场好戏在我和黎铭之间开演。

我又回到了我自己原先的那个卧室，黎昌盛不在的日子，我也不愿意回到"我们的房间"。因为一回到那间由我精心布置的卧室，我就感觉到我的自作多情和自欺欺人。

也许黎昌盛对我的那些宠爱，只是因为他的丈夫身份而已。

又也许黎昌盛给我的那些关怀，仅仅是出于他的绅士风度而已。

更也许黎昌盛愿意给我那些亲密的行为，单单是因为贪恋我的年轻容貌而已。转身之间，或许他就把那些亲密毫不在意地给了别人。

黎昌盛会对我有感情？我，尤雅，凭什么？

再说，我又何尝是因为爱而和黎昌盛在一起？又何尝是因为爱而对黎昌盛温柔备至？

爱，对于我来说早就成了一种奢侈品，只能仰望但不奢望。

"咚咚咚"的敲门声，打断了我的思绪。还没等我说

"请进"，门已经被推开了。

是黎铭。

我慌乱地从沙发中跳起，想要整理自己的表情。

黎铭盯着我，很吃惊地问："你哭了？"

我下意识地往脸上一摸，果真感觉到泪水冰凉的温度。怎么会流泪？我自己更吃惊。

我慌乱地伸手想去面前的茶几上拿面纸，面前已经有洁净的手帕等在那里。

我看着黎铭柔情的目光，我承认我很贪恋这样充满爱意的目光，但是我知道我唯一能做的就是让这束目光放弃。我尤雅无德无能，不敢把黎昌盛和黎铭父子两个通吃。

我的手绕过那方手帕，坚持着拿了纸巾。

黎铭猛地收回手帕，狠命地塞进口袋。可惜了，这方阿玛尼手帕。我在心里叹息。

黎铭深深地吸了一口气，说："楼下有个男人找你，王嫂怕你在休息不敢来喊你，所以我上来看看。"

有个男人来找我？在嫁给黎昌盛之后，我切断了我以前的一切联系方式，再也没有和以前认识的任何异性联系过，连在花园里散步，我也只跟母狗打招呼，不可能还有哪个男人能够知道我住在这里。

"是谁啊？"我脱口而出。

"你问我，我问谁去？"黎铭用一种很冲的口气和我说道，然后头也不回地离去。

我听到黎铭脚步声很重地走向他自己的房间。

一个男人和一个女人

"皮皮，皮皮，你过来，快过来，哎呀——"黎洁的声音在院子里焦急地喊着。

皮皮是黎洁养的小狗的名字。

接着是"哐当"一声，随之就是黎洁失声喊道："啊——"

接着就是黎洁一连串的"对不起，对不起"。

我在楼梯上就已经听到院子里的声音热闹无比。黎洁很少高声喊叫，更加很少失态，一定是皮皮又给黎洁惹什么祸了。

"啊呀，嗯，没事的，没事的，不要紧。"一个男人的声音传来，听起来好像我很熟悉。

我快步穿过客厅，来到院子里。看见面前一片狼藉：

一条雪白的大毛巾正被皮皮咬在嘴里，一个水桶被打翻在地，一根拖出的水管正在四处喷水，一个男人正背对着大门被浇得浑身湿透水淋淋地站在院子里，黎洁则满脸抱歉地跟在皮皮身后站在那个男人的对面，远处王嫂拿着一条干毛巾匆匆过来。

王嫂想要用干净的干毛巾把皮皮抱起，黎洁急急地说："等等，王嫂。你把毛巾先给客人用。"

没等王嫂回答，黎洁就接过了毛巾递给面前的男人，黎洁柔声说："实在对不起，你先用毛巾擦一下，过一会儿我让王嫂找一套衣服给你换上。"

那个男人没有接过毛巾，愣愣地指着毛巾，又指指皮皮，尴尬地摆摆手笑着说："呵呵，不用，还是给它用吧。"

黎洁一下子明白过来了，"扑哧"一声笑了，然后收回自己手里的毛巾，说："看我都糊涂了，我让王嫂另外给你拿一条。"说完便把毛巾覆在皮皮身上，把皮皮整个抱起。

王嫂听到黎洁这样说，想要回头进屋子，看见了我。

"哦，太太下来了，这位先生找您。"

那名被淋湿的男子一回头，我愣住了。

是他。

我怎么会想到是他。

他属于我的前半生，他怎么可以来到这里？

显然，他也没有料到我会出来见他，或者他根本没有料到这里的太太真的就是我。

而黎洁显然也不知道这位被她的小狗弄得浑身湿透的男人，原来是我的客人。黎洁的脸上没有了刚才的放松和自然，透出一种抱歉的表情。

是福不是祸，是祸躲不过。我深吸一口气，换上一种妥帖的表情，抢在黎洁和他开口之前说话。

"你好，刘远。"我努力让话听起来自然但是充满客气。

我的初恋情人在我的夫家找到我，你说我能怎么办。

若无其事。只有假装若无其事。让任何人都不要看出你和他曾经有恋爱这回事。

"我妈说你要来，没有想到这么快。我妈要我买的东西我还没有买呢，本来想买了给你送过去，没有想到还麻烦您亲自跑一趟，真是不好意思。"我一口气编完一个谎。

刘远嘴巴张了张，最终还是没有戳穿我的谎言。

接着我对着黎洁说："小洁，你也在。"

　　我没有半点把刘远介绍给黎洁认识的意思。随便黎洁把刘远当作什么人，我的老乡或者亲戚，都可以。

　　黎洁点点头，说："对不起，刚才我给皮皮洗澡，不小心把这位先生弄得一身是水，我让王嫂给这位先生准备干净的衣服换上吧。"

　　我微笑着对黎洁说："没事的，小洁，这里由我来弄就行了。"

　　黎洁很识趣地点点头，然后对着刘远说："真是不好意思了。你们慢慢聊。"

　　刘远点点头。

　　很快黎洁便带着皮皮进去了。周围现在一个人也没有，但是难保隔墙没有耳朵。我得继续唱戏。

　　"这样吧，你稍等我一下，我换件衣服就和你出去买。"我想要转头进去。

　　"不用了，我改天再来找你。"刘远终于开了口。

　　改天？不，今天就是最后一天，我决不要改天再和刘远相见。黎夫人的生活已经让我小心翼翼，我不要再和初恋情人玩重逢的游戏。

　　"不用了，我正好今天没事，算了，我这就和你出去。我们去车库拿车。"

我带着刘远快速离开黎家。

"这么急着赶我出去？不让我参观一下你富太太的生活？"上车之后，刘远开始还击。

"谢谢你配合我。"对刘远刚才没有揭穿我的谎言，我由衷感激。所以我并不介意他现在的刻薄。

"要不要送你回去换件衣服？"

"你放心，冻不死，倒是弄脏了你名贵的车才是要紧。看来你那个黎家不是什么福地，第一次来我就被莫名其妙地浇了一身的水。"刘远开始发牢骚。

"那你大可以不来。你不来我更感激。"我一边开车一边冷冷地回答。

"你会吗？我不来，你根本不会感激，恐怕是忘记。"刘远继续嘲弄我。

是的，我会忘记。并且我正努力忘记。

刘远很了解我。也许没有哪个男人像刘远那样了解我。或者说没有刘远那样了解我的本质。

初恋情人就是你感情路上的第一个对手，彼此一路厮杀武功见长，最后两败俱伤，分开疗养，伤好之后再寻找新的对手，然而你已不是你。

"你怎么会找到这里？"我转移话题。

"听说黎宅新娶了一位年轻漂亮的夫人，特地来仰慕。"

"刘远，如果你觉得这样绕很有意思，那么请你下去，恕不奉陪。"我猛地刹住了车。

刘远盯住我，死命地盯住我，然后吐出一个字："走。"

我重新启动引擎。刘远不是程嘉西，毕竟他曾经给过我光明磊落的爱情。

"好了，说吧，你为何来找我？"我只想直奔主题。

"不为什么，就是来看看你。"

"好了，现在你也看到了。"

"嗯，看到了。理想的贵妇生活。恭喜你。"刘远依然嘲讽着说，不过我并不介意。他说得都对。确实是理想的贵妇生活，比起以前和他在出租屋里吃泡面的生活，是太值得恭喜了。

"谢谢。"我说得很由衷。

"我这个老乡可否沾点黎夫人的光啊？"刘远终于回到正题。

"请说。能帮的我一定帮。"我喜欢这样，一切有交换的买卖都是值得考虑，怕只怕那些看似单方面的付出牺牲，其实往往隐藏更大的目的，不是要你的心就是要你的命。

"哈哈哈哈——"刘远莫名大笑起来。

"看来,你真的很适应黎夫人的生活啊。可是,你快乐吗?你真的过得好吗?你爱你那个老头子吗?"刘远止住笑声,一口气问了我好几个问题。

我不出声。我知道我没有必要对刘远交代这些。初恋情人?呵,跟陌生人一样没有资格过问我现在的人生。

刘远以为他问到了我的软肋,他接着说:"离开他吧。你是一个对爱要求那么高的人,你都不可以忍受我对爱的一点点忽视,怎么可以忍受一段没有爱情的婚姻?不要为难自己,小丫。如果仅仅是为了钱,这个世界上有钱男人多的是,何必要跟着一个老头子?"

呵呵,有钱男人多的是?

有钱男人中年轻的有几个?

有钱男人中年轻并且我尤雅能遇见的有几个?

有钱男人中年轻并且我尤雅能遇见,遇见之后会爱上我的有几个?

有钱男人中年轻并且我尤雅能遇见,遇见之后会爱上我,爱上我之后给我婚姻的又能够有几个?

如果不为钱，仅仅为爱。我和刘远之间当初就是仅仅因为爱，可是爱又能维持多久？他刘远后来不是也爱上了其他女孩？

当然，这些话我只在心中默念，我并不想对刘远说。我不想对任何人解释或者反驳。就让他们认定我喜欢钱好了。本来事实就是如此，我并不因为这一点而觉得可耻。

可耻的是，我在得到钱的同时，还在祈祷能够拥有爱。

刘远以为说动了我，继续鼓励我："越早离开他越好。这短短的婚姻对你不会有任何影响。你还可以有很长的未来。"

"然后呢？你来娶离过婚的我吗？"我已经有点不耐烦。

"唔，你知道的，离婚在现代社会算不了什么。"刘远答非所问。

"是，我知道算不了什么。我现在问的是，我离婚以后，你打算娶我吗？"我把话挑得更明。

刘远没有想到我这样问。是的，我就要这样问。我知道刘远根本没有勇气说娶我。就是在我们感情最浓烈的时候，刘远也没有向我求过婚。就算偶尔，刘远会眺望未来，也会说，等他毕业了赚了钱之后，怎样怎样。后来我们毕业了，刘远工作了赚了钱，他会说等他有钱了之后，怎样怎样。再之后，钱还是没有，爱也没了。

"不要这样，小丫，你知道我娶不了你。"刘远说。

"娶不了？我是问你要八抬大轿了，还是十克拉的钻戒了？好，我说得更清楚一点，我现在离婚，什么都不要求你，你要不要娶我？"

"好，就算我要娶你，过惯黎夫人生活的你，会愿意跟着我这个穷小子吗？"刘远把包袱踢给我。

我笑了。

总是这样。男人不娶你，总是女人的问题。就算女人不做任何要求，他也会说怕因此委屈了你。看似为你考虑，实则拒你千里。最后似乎归结为，还是女人没有本事让他愿意爱你娶你。

所以，我感激黎昌盛。他娶了我，并且是明媒正娶。

"放心吧，刘远，我不会向你逼婚的，以前不会，现在更不会。但是如果今天你对我说，你愿意娶我，以此把我从铜臭中解救出来，我会对你高看一眼。既然这样，嗯，我们可不可以今天就此为止？"

"小丫，你不考虑一下我刚才的话吗？"刘远不愿意放弃。

"好吧，我会考虑。你准备在哪里下车？"我用我最后的耐心和刘远说。

"小丫，你不要这样，我希望你能找到真正属于你的幸福生活。"刘远依然显得情深意切，可惜我没有丝毫感动。这些台词还是留给他的下一个女朋友吧。

"谢谢。你也是。还有，我希望这样的见面是最后一次，如果你真的希望我幸福的话。请下车。"我在路边停下车。

"小丫，我不会放弃的。我们会再见面的。我不会放弃你的，请你也不要放弃自己。"走时刘远还不忘这样说。

不，我从来不会放弃自己。就算生活再苦涩，就算人生再落魄，我也知道应该努力走下去。就算没有爱情，付出自尊，赔上青春，失去健康，活着总是好的。

至于刘远，在多年之前那个决绝的夜晚，他早已经把我放弃。

只是我不明白，他何以又在我的生活中重新出现，何以对我的出嫁如此在乎。

最糟糕的是，我忘记问清楚他何以找到我的地址。隐隐地，我有一丝不安。希望，这次以后他真的不要再找我才好。

爱，依然遥远

这个冬天来得似乎太快。

晚上睡觉的时候，我总觉得手脚冰冷，就算把地暖的温度开到最高也没用。漫长的黑夜，闭上眼睛总能过去，最难熬的是那些漫无边际、清醒着的白天。

这些不用工作、没有应酬、毫无目的的白天，让我格外恐惧，我看着我那可怜的青春站在黎家的围墙内孤独地哭泣。

真的羡慕艾艾，她做太太的日子已经那么久，却依然对逛街购物美容八卦充满兴趣。杨幂在机场街拍时用上了最新款的手袋，王宝强又谈了恋爱，新出道的"小鲜肉"很帅，这与我又有什么关系。

或者，我根本不适合做一个全职太太，我只适合在底层挣扎，每天看老板脸色，与客户周旋，为一条不满百元的连衣裙讨价还价，偶尔幻想着如果有钱我会怎样，至少那时候我还有一些盼望。而现在呢？我能够盼望什么呢？

有钱人的生活我已经过上了，还要盼望什么呢？

是从什么时候开始，我对扮演好黎夫人这个角色失去了热情？我已经不记得。

没有黎先生的日子，黎夫人只是一个空洞的名分，与黎家的任何一件摆设没有丝毫分别。

黎昌盛已经走了多久？整整二十三天。

我被自己如此清楚地记得他离开的天数吓了一大跳。我这是怎么了，难道我是在日日夜夜掰着指头等待他回来吗？

不，我没有。我应该庆幸他的不在，至少我不用面对一个比我老上三十岁的男人，至少我不用每天费尽心机讨好他。

黎昌盛不在的日子，黎铭并没有我以为的那样趁机纠缠我，甚至我连他的面都很少见上。他似乎也很忙，忙着准备做恒通建设集团的接班人。

而黎洁最近好像在恋爱，连周末都顾不上回来。

我成了一个被遗忘的人，独自在黎家偷生。

冬天来了，哈尔滨应该可以滑雪了吧，或许我可以去看看。我告诉王嫂，我要出去一段时间。

王嫂却是一种很为难的表情。

"怎么了？"我停下手中正在整理的衣物。

"太太，你不能去。"

"哦？"

"太太，你一个人不能出远门。"王嫂解释说。

"呵呵，没有关系，我会自己照顾自己。你放心。"

"不是这个，先生说你一个人不能出远门。"王嫂终于嗫嚅地说出理由。

又是我的自作多情。我还以为用人对我一个人外出不放心，原来只是源于主人的命令。

我颓然关上行李箱，轻轻地对王嫂说："好。我知道了。"

金丝雀怎么可以随意飞出笼子？

"太太，你没事吧？"王嫂担心地问。

我随即换上轻松的笑容，说："先生总是把我当小孩，那也好，我等先生回来再一起出去。"

不为难用人，更重要的是不要让用人看出我们之间的裂痕。就算用人们确定我们之间有裂痕，也要让他们怀疑自己的确定。

王嫂放下一颗心，说："是啊，先生应该快回来了。"

不管先生回不回来，日子总得要过下去。我开始寻找打发时间的方式，我决定学习英语。我的英语一向不好，由于这个原因我从来没有想过能够去外企谋一份高薪，以前总想要去学，但是总是没有时间或者钱，现在倒是一个好机会，如果有一天我当不成黎夫人，至少我又多了一门可以谋生的本领。

艾艾听说我在学习英语之后，打趣我说："可能没有哪个豪门太太像你这么上进。"

我笑着问她："要不要加入？两个人可以互帮互助。"

艾艾在电话那头哈哈大笑说："我就免了吧。如果有门为妻术，或许我还愿意学学。"

"哈哈，高浩明已经这么听你话了，你还想学什么为妻术，看来你比我更上进。"我调侃道。

"除了听话外，我还希望他能够挣更多的钱，不要依赖父母，对我更好一些，对孩子更耐心一些，还有肌肉更发达一些，某方面花样更多一些，还有永不变心，哈哈。"

"人心不足蛇吞象。艾艾，你知足吧。这样说，我岂不是要撞墙去？"

"哦哦，对不起哦。我忘记了你家那位，呵呵，他那方面还好吧？"艾艾以为说到了我某方面的痛处。

"好，好得不得了，由于年龄的缘故所以经验丰富，一个晚上可以变化十多种花样。"

"真的？真的？哎哎，那改天你一定要仔细说说。"艾艾对这方面有着万般兴趣。

"好了，我要上进去了。你也继续去上进吧。"我挂上电话。

其实每个人都是上进的吧，只是上进的方向不同而已。上进是因为对未来有所期待，别的太太期待的是婚姻美满，所以努力为人妻为人母，极力学习穿衣、打扮、洗衣、做饭。而我的婚姻，不是我期待就能够圆满的，所以，万一有一天我失去了这个婚姻，至少我还有一些技能傍身。

寒冷的冬天才刚刚开始，看来春天还远得很。

这是什么？

温暖、潮湿并且缠绵。

呵，一个吻。

我多久没有吻过了？黎昌盛离开多久，就有多久。

像一只小狗，细细地舔上我的额头、眼睛，还有我的嘴唇。不用想，也知道这是一个梦。

算了，在梦里我有什么好掩饰的。我喜欢这个吻。我伸出双手想要把吻搂得更深。男人的气息是温暖的，就算是梦中陌生的男人也可以让我片刻安生。男人揉乱我的头发，企图把我接触得更深，真是一场春梦，叫人不愿醒来。我更热烈地回应。

男人却轻轻掰开我的手，想要离开。

连梦中的男人都要离开，我这是犯了什么错？我决定问一问。

"不要离开——"话一喊出，我整个清醒过来。

真的，是真的，眼前真的有一个男人。我一个激灵，整个人都坐了起来。

"小雅，是我。"

我打开灯看清楚，还好，他是黎昌盛，不是黎铭，更不是刘远或者其他男人。那么刚才在梦中亲吻我的也是他吗？那样的深情，是他给的吗？

"对不起，打扰你睡觉了。"是他，真的是他。

我有点糊涂了。黎昌盛总是让我糊涂，每一个我们单独相处的瞬间，他总是会让我以为他是爱我的，他的每一个动作都在说他是爱我的。可是一个爱我的人，会把我几次三番单独扔下这么久吗？

我一向自认为精明懂得应付，但是此刻我不知道什么才是我合适的反应。

我怔怔地看着黎昌盛，在这样的深夜，黎昌盛看起来格外疲倦，好像这么多天不见，他又苍老了很多。

"呵，我也累了，也该好好睡一觉了。"黎昌盛展露无限倦容。

我下意识地往床上的一边移了移。而黎昌盛却仿佛没有看到，走出我的房间回到"我们的卧室"。

看来我真的是不了解黎昌盛。我没有办法猜到他想些什么，更加没有办法预测下一秒他会做些什么。

我不知道自己应该做什么，是继续在我这间小卧室睡觉呢，还是自动跟着黎昌盛回到"我们的房间"尽一个妻子的本分。

愣了几秒，我决定依然在自己的房间睡觉。是的，就算我是黎昌盛买回来的"小妾"，我也有权偶尔使使小性子以此来表示我的不满。更何况，我的身份还没有如此不堪。

如果黎昌盛不主动要求，我决定就在这间房间一直住下去。

意外地，父亲打来电话。

父亲是个传统的男人，由于我是女儿的缘故，在我长大成人之后便很少和我亲密交流。他像很多中国传统家庭中的父亲一样，即使有什么事情也都通过母亲来传递。就算我在外地，一年半载才回家，他也只让母亲跟我讲电话，实在万分想念了，也只是在电话最后问个好。这次父亲亲自打电话来，自然让我有点意外。

"怎么了？爸爸，家里出了什么事了？"第一个念头，我自然会有不好的联想。

"没有。你最近在做什么啊？"父亲还是一如既往地不善言辞。

父亲这样一问，我想起来自从和黎昌盛结婚以后我就没有往家里打过电话，都快有一百天了吧。离开家之后，我还从来没有这么久不打电话回家问候父母。可能在内心，我还是在逃避，我不知道怎样把结婚这件事情告知父母，或者根本就不告诉。

在做什么？我不知道该怎么解释。

"还是那样吧，最近工作有点忙，接了一些新的任务，所以忘记了给家里打电话。"张口，我就不由自主地撒了谎。

父母是我最大的软肋，我怎么可以让他们知道他们的女儿在外面跌打滚爬，却还是没有办法站稳脚跟，最后只能通过婚姻谋得物质和稳定。

"哦，那就好。好了，没事我挂了啊。"

"等等，爸爸，妈妈呢？让她和我说说话。你等一下，你挂上电话，我打过来。"我迅速地挂断电话，翻看手机上刚才的号码，打过去。

爸妈的家里没有装电话，上次过年的时候回去我要装，爸爸坚持不要装，他舍不得那笔初装费和每个月的月租费。一开始的时候，爸妈打电话都是到哥哥家里打的，他们打到我手机上，我看到了号码再回过去。但是即便这样，嫂子还是觉得爸妈很麻烦，偶尔就会给爸妈脸色看，因此后来爸妈也会在邻居家打电话给我，然后我回过去。这次又是一个陌生的号码。

"哎呀，不要打了，浪费钱。"爸爸才接电话，就这样说。

"没事的，城里电话费便宜。妈呢？"我问。

"她，她去田里了，还没有回来。"爸爸支支吾吾。

"田里？这么冷的天了，去田里干什么？不是都没有庄稼了吗？爸，你跟我说实话，妈到底怎么了？"我怀疑道。看来爸爸对我撒了谎。

"啊，也没有什么，脚扭了一下，所以来不了。没多大的事。怕说了你担心。"

我总觉得爸爸还是没有说实话。

"爸爸，不要瞒我，妈到底怎么了？！"我紧张地问。

"哎呀，你这个丫头，非要问，真的没有什么。就是脚有点不方便，真的就是这样。你妈想你了，所以让我打电话来问问你，好不好。就这样。好了，好了，不说了，知道你好好工作就好。"爸爸没等我再开口就挂上了电话。

爸爸不是一个擅长掩饰的人，怕我问急了，所以才这么急着挂电话。事情一定不是这样的。

过了一会儿，我想了想，决定打个电话到哥哥家。

电话很快就被接起，是我那年幼的侄儿接的。小孩就是对电话感兴趣，他们对人可以站在这个小盒子里说话充满好奇。

"喂，你是谁？"哦，天使在说话。

"我是姑姑。你最近好不好呀？"我的声音也变得温柔起来。

"哦，姑姑好。姑姑你快回来吧，奶奶病了。"

"啊？怎么病了？"

"奶奶不能走路了，每天躺在床上。"

这么严重？我的心怦怦跳起来。

"快叫你爸爸来听电话。"

"哦，姑姑，妈妈来了。"侄儿把电话交给他的母亲。

"嫂子，妈妈怎么了？"

"你妈腿摔了一下，站不起来了。没有多大的事。躺一躺就行了。"嫂子的话听起来，又像事情一点都不严重。

"没有去医院看看吗？"

"医院？医院去一趟得多少钱啊？谁出啊？"

是，无论发生什么都要拿钱开道。

"你先带妈去医院看看，钱我马上汇过来。"

"小姑子，要是你有钱的话，能不能多汇一点过来，幼幼下学期的幼儿园赞助费还没有着落呢。"嫂子听到钱，进一步要求。

我沉默了一下，问："要多少？"

"两千，实在没有，一千也好。"嫂子试着要求。

"好。"

我能怪嫂子什么呢？她二十一岁嫁给我哥的时候，也是眼神清澈、笑容明媚、言辞温柔谦和，逐渐地，油盐酱醋、生儿育女、节衣缩食，慢慢地变得锱铢必较、见钱眼开。怪只怪，她选中的男人拖累了她的人生。她又何尝愿意变成今天这个样子呢？

电话那头嫂子的言语变得亲热起来，说："小姑，你在外面也要多照顾自己，有好的男人不要错过了，你也二十五岁了。"

我笑了，说："会的，嫂子放心。妈那边就拜托你了，再见。"

钱，我哪里有钱？虽然黎昌盛给了我一张黑卡，可以任意购物刷卡，但是从来没有给过我现金。我也知道信用卡可以在取款机上提取现金，但是黎昌盛从来没有告诉我我可以这样做，或者也许他根本就关闭了这张附属卡可以提取现金的功能。不是说好了吗？我和他的婚姻必须维持一年，否则一分钱都没有，连所有我购置的衣物都不可以带走。

呵呵，本来决定如果黎昌盛不主动要求，我将一直在自己的小房间里住下去，现在看来，这个小小的坚持也是一种奢侈。

站在我们的卧室门口，我轻轻叩门。每敲一下，我的坚持便失去一分。

没有关系，真的没有关系。贫穷的人本来就更容易牺牲自尊，我只是在向我的丈夫低头，比看陌生人的脸色总要幸运很多。

门轻轻打开了，我没有看黎昌盛的脸、不管不顾地扑向他的怀中。我居然在哭泣，这是怎么了，我居然真的满腹心酸哭得伤心万分。我自己都不知道自己为了什么而哭。

多日来的寂寞混杂着自己的不甘，还有母亲的腿疾，一起变为泪水滚滚而出。

我以为我已经足够明白，却始终无法看开，心里总是盼望着黎昌盛能像普通丈夫一样多宠爱我几分。

谋生，已经不易；谋爱，更是艰难。人生要想继续，总得先谋生再谋爱。

我听到黎昌盛叹了一口气，然后把我抱在怀里，轻轻关上房门。他没有说话，只是轻轻抚摸我的头发。

我听到他在说："你都知道了？知道了也好。"

什么？我知道什么？黎昌盛指的应该不是我母亲生病这回事。

我匍匐在黎昌盛的怀里，不敢有丝毫动弹，期待他把话题继续下去。

　　"是的，是我让王嫂不让你出远门的，请原谅我，我必须这么做。我希望你一年之内，能够陪伴着我。"

　　原来是这件事。黎昌盛说得真是动听，说是陪伴着他，其实就是陪伴着这个黎宅。若真的能够和他朝夕相伴，倒也是对我的一种宠幸。

　　"我很累，你要不要陪我一起休息一会儿？"黎昌盛拥着我进门。

　　"啊，马上就要过年了，我又要老了一岁。日子过得真是快啊。"不知道黎昌盛怎么会突然发起感慨来了。

　　我不吱声，我不知道黎昌盛究竟想要说什么。

　　"小雅，我知道你嫁给我，有点委屈了你。"

　　"不，嫁给你是我的荣幸。"我更正道。

　　"看看，真是一个孩子。没有一个妻子会这样对丈夫说的吧，我也曾年轻过。小雅不要紧张，我们两个或许是要好好谈谈了。"

　　我很害怕这样的谈话，有些事情不说穿比说穿的好。

　　"不，你还年轻，这个年纪在这个社会还属于壮年。而我也不是未成年少女。"

　　"呵呵，你真是这样认为。小雅，不管怎样，你能够答应嫁给我，我真的觉得很好。"

"不要这样说。"我说得很真诚。

"如果有一天你厌倦了我，请记得要提前告诉我。但是我还是尽量希望这一天能够晚一点到来，起码不要不到一年，就让别人听到我黎某人离婚的笑话。"

"不，不会。如果我厌倦了你，那么其他的那些男人更加乏味。"

"可是年轻的男人会有强健的臂膀，能够在你快乐时将你高高举起。"黎昌盛的眼神似在回忆。

"不，我恐高。"

"他们会讲笑话，能够让你伤心时破涕为笑。"

"父母让我识字，我会自己看幽默故事。"这倒是真的，年轻男子的笑话要么浅薄要么刻薄，我从来不会为了荷尔蒙的需要扮演无知少女。

"你可以和他们一起创造将来。"黎昌盛依然在试探。

"他们创造的将来不一定比今日你给我的更好。"有多少年轻男子的未来会有黎昌盛这样成功？

"万一有一天我今日的一切都不复存在了？"黎昌盛问。

这我倒是真没有想过。他是黎昌盛，难道真的会有一天离开"昌盛"？如果真的那样，说明我尤雅天生没有富贵命，我就此不会再与贫穷抗争。

"那是我的命。"我照实说。

"不，小雅。永远不要认命。如果真的有那么一天，请记得转身离开。"

我没有想到他会这么说。

"可以共富贵，不可以同患难？我尤雅在你心中这么不堪？"我试图用开玩笑的口气调节气氛。

"不要把道德看得这么重要，无论什么时候你都有权让自己的生活更好一点。不要理会别人的评价。"

我没有想到黎昌盛会有跟我一样的观点。是的，无论什么时候我都有权让自己的生活更好一点，所以我嫁给了他。没想到，黎昌盛会和我心灵相通。或许，我真的可以爱他。

"不，说不定那时候我爱上了你，心甘情愿。"

话一出口，我就闭上了嘴。什么叫说不定那时候已经爱上了你？这不是等于在说，现在不爱吗？这样的话，用得着非得点透了说出口吗？我无比懊恼。

言多必失。

黎昌盛已经闭上了眼睛，不愿意再说话。我只好也沉默地陪着他。可是我的心里还在想着我母亲的医药费还有我侄儿的赞助费。如何向我的上帝开口？

等一等吧，等一等，等今天黎昌盛心情好的时候再开口。

现在才是清晨，今天还有那么久，总有机会的吧，在天黑之前我一定开口。

一整天，我都没有见到黎昌盛。

早上我们聊完天之后，黎昌盛就休息了一会儿，而我则和王嫂出去到超市去采购黎昌盛喜爱的食物，回来之后黎昌盛就不在了。管家说他去公司了。没有想到这一等，就到了晚上。

天已经黑了，而我根本还没有机会向黎昌盛开口说钱的事情。

手机响了，很意外居然是嫂子。

电话那头，嫂子很激动地说："小丫，谢谢啊，没有想到你一下子给了这么多。来的人说，这是你小姑省吃俭用下来的，那怎么好意思。"嫂子一口气说个没完，而我还没有明白发生了什么。

"等等，嫂子，什么这么多？"

"钱啊，你不是让你的朋友带钱回来的吗？整整一万呢，够了，下午我和你哥就把妈送到医院了，医生给你妈的腿做了固定，说休养两三个月就好。妈也真是的，这么冷的天非要拖个板车卖甘蔗，结果把腿摔着了。"

"一万块钱？谁给的？"我惊讶万分，这个世界上难道还有活菩萨？

"不认识的一个人，说是你的同事啊。否则他怎么会认识我们家？怎么了，小丫，你不知道这件事吗？"电话那头嫂子开始怀疑。

"哦，我知道了，是我的同事，对对，他正好出差到我们那边，我跟他说了这事，让他先给我垫上的，没有想到这么快。"我必须打消嫂子的疑问，免得她到我爸妈那边瞎说，让爸妈担心就是我的罪过了。

"哦，我说嘛。不过一万块确实太多了，我们知道你工资也不高，你同事说了你在城里经常加班的，你也要注意身体啊。哦，不说了，快三分钟了，就这样啊，你放心我会照顾好爸妈的。"

嫂子心疼电话费，没等我说再见就挂断了。我还没有来得及问送钱人的一些情况。是谁这么好，雪中送炭又帮我说谎隐瞒？显然这个人是想要送我一个极大的人情。

是黎昌盛吗？我还没有来得及说，他怎么会知道？

那么又是谁呢？

知道我家地址的男人，可能只有刘远了，可是嫂子是认识刘远的，刚才她口中的人显然是个她从来没有见过面的人。那么又是谁呢？

我想不出来。

不过没有关系，这个世界上不留名的活雷锋已经很少了，我等着那个人自动现身。

果然，晚饭过后，那个人现身了。

但是那个人却是一个我怎么都不可能想到的人。

筋疲力尽

晚饭过后，我的手机响了，是个陌生的号码。

我接起："您好，我是尤雅。请问哪位？"

"呵呵，尤小姐好，请问你母亲现在好点了吗？"电话那头直奔主题。

我避开用人们听电话。

"谢谢，请问你是谁？为什么要帮我？"我充满警惕。我的人生从来没有免费的午餐，有的只是交换。

"哈哈，如果尤小姐有时间，我想我们坐下来谈比较好。"

我看看时间，已经七点多，黎昌盛还没有回来，估计他今晚有应酬，一时半会儿还不会回来。

"好，到哪里呢？"

"半岛咖啡屋101号包间，尤小姐需要多久能够到达？"

"半个小时吧。"

"好，半个小时后我们见。"

电话挂断了，我有点犹豫，我不知道这个约我究竟应不应该赴，安不安全。毕竟我现在还有一个身份是黎昌盛的太太，这个城市每天在动黎昌盛脑筋的人有无数个，我可不想给黎昌盛带来任何麻烦。

但是我已经答应了。

我跟王嫂说我去艾艾家拿一些东西，两个小时之内就会回来。出了门，我就打电话给了艾艾，告诉她我去半岛咖啡屋101号包间赴约，一个小时之后让她打我手机，如果没有人接就赶快到咖啡屋来找我，找不到就报警。

听到我这么说，艾艾笑死了，说："黎太太，你开什么玩笑？还要报警？你是不是去赴情人的约会啊？是不是你招惹了哪个小情人，谈分手，怕人家自杀要挟啊？"

"小姐，你想象力真够丰富的。不过随便你怎么想象，反正你按照我说的做就行了，我有不好的预感。"

"啊，你来真的啊？等等，什么情况，你得说说清楚。"

"哎呀，回头再详细告诉你，记得从现在起，一个小时后准时给我打电话。"说完我就把电话挂断了，驱车前往半岛咖啡屋。

一到咖啡屋，我报上姓，服务小姐就把我领到101包间，里面已经有个人在等我。

是名中年男子，面容似乎有点熟悉。他看到我进来，坐在那里朝着我点点头，并没有站起来。

对方略带傲慢的态度，反而使我的情绪安定下来。我说过我从来不是一个遇强则弱的女子，相反，我愿意接受各种挑战。我倒想看看这名大叔想要干些什么。

好吧，不就是一万元钱吗？没有什么了不起。

我微笑着在那名男子面前坐下来。服务小姐带上门，轻轻退出去。

"尤小姐，很准时啊。"那名男子拿起茶壶不紧不慢地给我面前的杯子倒了一杯茶。

我微笑地接过杯子，轻声说了句："谢谢。"

然后以更加不紧不慢的姿态品尝起来。

那名男子看着我，忽然放声大笑起来。

我依然不出声，不动声色地喝茶。我相信他比我更加着急奔向主题，否则他不会这么急着约我。

突然他又止住笑容，把头凑到我的面前，说："看来嫂子真的是一点都不记得我啦。我是高占强。"

　　嫂子？我是他的嫂子？我们见过面？高占强？我拼命搜索我的记忆，一点一滴地，终于我想起来了，是他！黎昌盛的表弟。在我们的婚礼上送上红包，然后丢下一些难听的话，悻悻然离开。

　　似乎他和黎昌盛的关系并不怎么样。我知道我该怎么做了。

　　"原来是表弟。好久不见。"我微笑道。

　　"好好，你总算想起来了。"

　　"原来是表弟在帮我，这怎么好意思呢，回头我跟先生去说，我让管家把钱送来。"我故意提到黎昌盛。

　　"不必啦，那点钱小意思，不用还的。"表弟大方地摆摆手。

　　"那怎么可以，无功不受禄。表弟的人情，我可受不起。"

　　"这有什么受不起的，助人乃快乐之本。很巧，我知道了这件事，就顺便帮一把啦。你不用放在心上。"

　　"哦，请问表弟是怎么知道我的家事的？"我很是奇怪。

　　"啊，说来也巧啊，有个叫刘远的年轻人，你一定很熟悉吧，他的父母跟他提起的，于是他顺便就跟我提起了。大家都是亲戚，能帮则帮吧。"嘴巴上的话，总是这么动听。

又是刘远。他怎么会和黎昌盛的表弟搞到一起的，真是不明白。

看来上次他来也不是贸然的举动，难怪他会知道我的住址，可是他又是怎么认识表弟的呢，他不是在省城吗，怎么会来到港市的呢？

不管了，先看看表弟有什么要求吧。

"是，我认识他。原来是这样，好，既然知道是表弟在帮我，那我就坦然了，钱我明天就送来。"我做出一种想要结束这场谈话的姿态。

"等等，不要这么急嘛，大家是亲戚，难得聊一聊，或许我们的聊天对你会有所帮助。"果然，醉翁之意不在酒。

"有话表弟请直说。"

"哈哈，黎昌盛果然不会挑错人，你不仅年轻漂亮，更加聪明爽快。好，我就直说。我问你黎夫人的生活舒服吗？"

"多谢表弟关心，还过得去。"

"还过得去？一个丈夫结婚第二天就把你独自扔在

家中两个多月，这种生活还过得去？尤小姐，你真的是为了钱可以忍受寂寞啊。"没有想到表弟居然连这个都知道。

"那是因为他工作繁忙。不过，我想我没有义务为表弟解释这些。"我的脸色开始冷了下来。

"尤小姐，你开个价吧，黎昌盛许诺你多少钱？所以你才嫁给他。"表弟越说越离谱，而我也不必平白无故地在这里等着他侮辱。

我立刻站起来准备离去。

表弟把手放在我的肩膀上按下去："尤小姐不要这么激动嘛，大家都是成年人，何必再遮掩什么呢？若黎昌盛没有钱，你会嫁给他？哈哈，你应该嫁的恐怕是刘远吧。不过，我倒很想知道你对黎昌盛到底了解多少？你的价码到底是多少？"

"我的价码你恐怕还不配知道。"我想我没有必要对他保持礼貌了。

"好，可是你有没有想过如果最后黎昌盛根本给不了你钱呢？"

我一愣，不知道他在说什么。

"看来你对黎昌盛真的一无所知。你没有丝毫怀疑他吗？"表弟继续循循善诱。

怀疑？我怀疑他什么？当初他向我求婚时，我并没有对他有任何要求。从一开始认识他的那一秒开始，黎昌盛的形象就是光明磊落，绅士而又稳重的。这样一个完美的男人，除了仰慕，我怎么会怀疑？就连最初的交往，都是我花尽心思设计来的，能够得到他最后的垂青，实属万分幸运，我感激都来不及怎么会怀疑？

"哈哈哈，尤小姐你该不会真的从来没有对黎昌盛进行过调查吧？看来你真的是一无所知。如果不是黎昌盛骗术太好，就是你尤小姐莫非真的爱上了他？"

黎昌盛的骗术？从何谈起。从头至今，他从来没有炫耀过他的财富，更加没有对我花言巧语。如果说骗，倒是我骗了他。我连名字都是假的。

那么难道说我真的爱上他？否则我怎么会如此死心塌地地相信一个男人。原来，我爱他却并不自知，还要等到今日让这个来意不善的人，当面点穿。

"我倒想要听听表弟的高见。"我抑制住内心的波动，尽量平心静气地问。

"尤小姐，如果你是为了他的钱，我劝你早点离开他吧，能带走多少就带走多少，也许过不了多久，你就什么都得不到了。"

"什么意思？"

"黎昌盛的公司也许很快就要不存在了。"

怎么会？一定是表弟在胡说。

"哦，多谢表弟提醒。"我不咸不淡地说。

"你不信？哈哈，看来你真的对黎昌盛动了真心。如果是那样，恐怕要更加令你失望了，他娶你回家仅仅是因为你符合了他的一个条件。尤小姐是属狗的吧，是农历十月的狗吗？"

嗯，我对表弟的话开始好奇。因为在我和黎昌盛认识之初，他也问过我这个问题。

"黎昌盛这辈子从来没有爱过任何一个女人，娶回家，只是符合一个大师的说法而已。你知不知道黎昌盛的前任太太也是属狗的？而你也是。你不知道吧，在黎昌盛很小的时候就有一名大师给他算过命，说他这辈子只能娶属相是狗的女人，这样才能让他事业兴旺。否则就会走下坡路。黎昌盛很相信这些。遇到你的时候，很巧他和前妻离了婚，公司的财务状况也出现了诸多问题，所以娶你回家，以此转运。是不是很讽刺，这样一个大公司的老板居然信这些？！哈哈哈，不如更加明确点跟你说吧。他娶你回家，除了你生肖符合，还因为你身体状况也不错，他那个时候正处于财务危机，需要一个盛大的社交场合，帮助他巩固这些社交关系，也要维持他表面的繁荣。要不然，你以为呢？估计你们认识也没几天吧？闪婚的感受如何？"

原来是这样的，我只是一个转运的物品。难怪他只需要把我放在家里，而没有半点挂念。但是这个故事我应该相信吗？

也许是我脸上落寞的神情让表弟看到了效果，他继续说："所以不管因为哪一点，你都应该早点离开黎昌盛。如果你需要钱，我会帮助你。"

"帮助我？为什么？对你有什么好处？"我已经顾不上掩饰，很直接地问道。

"这你不用管，反正对你只有好处，没有坏处。"

正讲到这里，门"砰"的一声，被猛然打开，我一惊，抬头一看，居然是黎铭！

紧接着便是服务员紧张地进来道歉，说："对不起，高先生，我拦不住他。"

表弟猛地一挥手，示意服务员出去。

服务员带上门，出去。

表弟堆上笑容对着黎铭讨好地说："小铭，是你。快坐。"

黎铭脸上浮现一种类似看见苍蝇的表情，很厌恶地皱起眉头，没有理会表弟，而是拉起我的手就准备往外走。

表弟试图拦住黎铭，说："小铭，我们好久没见，不妨坐一坐。"

黎铭边拉起我，边说："我跟你没有什么好聊的，我们全家都没有什么和你好聊的。"

然后黎铭不顾我穿着七厘米的高跟鞋，一路大踏步地朝着停车场走去。接着我被黎铭拖着塞进了他的车里。

怎么会这样？凭什么他们黎家的人动辄对我侮辱，或者粗暴地对待，更甚至打入冷宫十天半月不理不睬？我比他们更小心翼翼做人，勤勤恳恳做事，就因为我父母没有给我一个好出身吗？没有显赫的家庭撑腰，连丈夫前妻的儿子也可以对我动粗！

这样的生活，我还真不想要了。

我打开车门，企图下去。

黎铭把我按在副驾驶位置上，粗声粗气地说："你还想怎样？"

"我自己会开车回去。"

手机很不解人意地响起。我接起电话。

"怎样？小雅？"原来是艾艾。

这么快，都一个小时了。

"还好，回头跟你说。"

才两句话的工夫，黎铭已经把车启动，飞驰前进。

我沉默着不说话，把脸别向窗外。眼泪又不争气地流下。

照例又是一方阿玛尼的手帕。

我用沉默表示拒绝。黎铭把手帕塞到我手里，又自顾自地开车。

车缓缓地驶向城外，开向山的那边，一路风景，只是我根本没有心情欣赏，我不知道这个黎铭又想要干什么。

车子到山顶，熄火停下。

"他对你说了什么？"黎铭问我。

"我没有必要向你汇报。"我没有好气地说。

"不，你必须说。"黎铭坚持着。

真是少爷脾气，凭什么我必须说，我又不是他们家用人。我生气地打开车门。

即使在黑夜，山顶也依然拥有绝好的风景。除却星光，还有辉煌灯火陪伴，这样纵使高处不胜寒冷，内心总是不会寂寞的吧。总好过看似丰衣足食的我，还以为自己设计了自己的人生，原来却是被别人设计了，寂寞苦楚无处诉。

我不禁双臂环起，抱紧自己。寂寞的时候，我总会抱抱自己，人若不爱我，最起码还有自己对自己不会放弃。

黎铭把一件外套披上我的肩头。

"对不起，我只是想知道，不是对你发脾气，请原谅。"黎铭说得语无伦次。

我不知道黎铭为什么会这样情绪失控。我回过头看他，意外地发现他的脸上居然有晶莹的泪光在闪烁。

"我希望你以后不要再去见那个人，爸爸知道了会更加不喜欢。"黎铭缓缓要求。

"为什么？"

"好吧，你总要知道的，其实这个故事你两年前就应该知道了。"

两年前？多么遥远。彼时，黎家和我又有什么瓜葛，我凭什么应该知道。

"你还记得两年前，我们第一次见面吗？"黎铭站在一块岩石上，点燃一支香烟，猛吸一口后说道。

我扭过头去，表示不想对两年前的事情多做回忆。

黎铭没有看我，继续说："那是我第一次在酒吧喝醉，第一次疯狂，第一次故意放纵自己。"

亲爱的黎家少爷，如果你想要忏悔，去对着神父说吧。我心里暗暗说道，依然没有接他的话。

"因为，我那天知道了一个秘密。"黎铭把烟头丢在了地上狠狠地踩了踩。

秘密？什么秘密？我看着黎铭，内心的八卦因子无比强悍地发挥作用。

"什么秘密？"我小心翼翼地开口，鼓励黎铭说下去。

黎铭突然回过头，看着我，扳着我的肩膀大吼着说："你知道我的母亲在哪儿吗？就在今天那个畜生家里！"

"等等。你的母亲？在今天那个畜生家里？也就是说你的母亲现在在你爸爸的表弟家里？"我极力在理清头绪。

"是！我的母亲跟着我爸爸的表弟私奔了！这么说，你听明白了吗？！"黎铭一口气吼出来，眼泪从他的眼睛大串涌出。说完，黎铭在地上蹲下来，把头深深地埋在双膝之间，肩膀一直在抽动着。

我愣在那里，无比震惊。我不知道原来两年之前，黎铭是为了这个原因回到本市，遭受了这样一个打击。不，不，如果说黎铭已经这么痛苦，那么作为当事人的黎昌盛一定比黎铭更加心碎。无论他和妻子之间是否有感情，妻子和别人私奔了，对于任何一个男人来说，都是一种难以承受的打击。

我不知道黎家原来还有这样一个秘密。难怪黎昌盛从来不提他的妻子。我还以为黎昌盛的妻子已经过世了呢，谁料居然还在人世，更加没有料到是跟着黎昌盛的表弟跑了。

我看着眼前伤心的黎铭，心中不由得涌上一阵怜惜，我也蹲下去，抚摸着黎铭的头，将他的头抱在怀里，我不知道要怎么去安慰他，只好用手不断地轻轻拍着他的背，像哄孩子一样，一下一下地拍着。

不知道过了多久，黎铭抬起头，发现竟然在我的怀里，带着泪痕的脸上瞬间有些不自在。

我也感觉到了不妥，立刻把黎铭放开。未料，黎铭却一把紧紧地圈住我，将我深深地压进他的胸腔。

如果说刚才的拥抱，是一个类似妈妈安慰孩子的拥抱的话，那么现在的这个拥抱，傻子都能感受出来，充满了男欢女爱的味道。

我用劲，推了推黎铭。可是他魁梧年轻的身体，并非我所能撼动。

黎铭抱着我，任凭我挣扎，不愿意放开我。

我开始大喊道："放开我！放开我！"

黎铭也许被我的大喊大叫吓到了，更加不知所措地抱紧我，最后也许为了让我停止声音，居然突然吻住我，让我发不出声响。

脑子瞬间一片空白。

今天的事情，从开始到现在，都像一场起伏太大的戏剧，让我的脑子得不到休息，现在好了，彻底短路了。

说实话，我没有多讨厌这个吻。

年轻男人的气息芬芳，连吻也是香的。

随着年纪的增长，心里多了邪恶，生活开始折磨，身体开始疲惫，慢慢地，口中就有了浊气，早晨起来，一夜的浑浊不能在睡眠中排除干净，满嘴都是腐败的味道，不要说枕边的人，连自己也会厌恶，慢慢地就不想接吻了。

可是，我不可以接受他的吻。毕竟我是他爸爸的妻子。

这又算什么呢？

想到这里，我拼了全身的力气，一把推开黎铭，转身朝着山下飞奔而去。

黑夜的山风，呼呼地刮过我的两边，冲击着我混乱的思想，脑子里一片生疼。

"小雅，你停下来。"不知什么时候，黎铭开车跟上了我。

我不管不顾地，一直朝着前面奔去。

"小雅，你疯了，快上车，这边离市区还远着呢。"黎铭大吼着。

我继续朝前飞奔，我怕一停下来，很多事情就又超出了我的掌控。

黎铭把车在我的身后停好，飞快地赶上我，一把抱住我，拖着我往车走。

我的人生，早已经是一团糟，还能变得更糟吗？

我不知道。

经过一番拉扯，我和黎铭终于都坐进车里。

车子飞驰，车内一片沉默，晚风呼呼地从跑车顶上刮过，我扭头看着车外呼啸而过的风景，心里一片荒漠。

今夜知道了太多的秘密，让我的胸腔紧紧地被堵塞住，几乎不能呼吸。

　　表弟高占强告诉我关于黎昌盛为什么娶我的秘密，还有黎铭告诉我两年前他们家的秘密，以及刚才我和黎铭之间的事情，如电影镜头般，不断在我的眼前闪现。他们的话语片段一遍又一遍地重复在我的耳边。

　　"早点离开黎昌盛。"

　　"早点离开黎昌盛。"

　　"莫非你已经爱上了他？"

　　"莫非你已经爱上了他？"

　　这是表弟凶狠的声音。

　　"两年前你就应该知道。"

　　"两年前你就应该知道。"

　　"我的母亲跟他跑了。"

　　"我的母亲跟他跑了。"

　　这是黎铭撕心裂肺的喊声。

　　这是怎么了，我只不过是想要一段安稳富足的婚姻生活，并不是想要给我的人生制造更多的麻烦，可是为何麻烦一直不肯远离我。

　　也许我应该认命。

　　早就听人说，人人都会认命，或早或晚而已。之前我一直不信，现在想来和谁斗都可以，就是不要和命争。因为根本就没有用。

"少爷和太太回来了。"王嫂充满惊喜的喊声，冲进我的耳朵，我回过神来，发现已经进了黎家大门。

黎铭把车子猛地刹住，回过头看了我一眼，眼睛里充满了欲说还休的神情，又带着点轻微的祈求。

我看着黎铭，有点失神，我不知道自己应该以怎么的表情或者话语来回应他的眼神。

"少爷，太太，赶紧进屋吧，先生已经等你们很久了。"王嫂焦急地催促我们。

我大吸一口气，推开车门，理理衣服，大步跨出去。

不，不，我不允许任何人、任何事，打乱我的人生。我是我自己的主宰，至于命，呵呵，我已经和它斗了整整二十五年，也不介意多和它玩几圈。反正黎夫人的生活也够无聊的，增加一点点刺激，也无妨。

我是尤雅，黎昌盛的妻子。我必须清醒地记住这一点。

远远地看到客厅灯火辉煌，平时不会打开的一些装饰灯也已经打开，这是怎么了？有客人？是谁？

我心中装着疑问，加快步伐走进去。

客厅里整整坐了一桌人，此刻看到我进来，全部人的眼光都齐刷刷地望向我。

我挤出淡定从容的微笑，迎上众人的目光。

"小雅，你去哪里了？"看到我进来，黎昌盛沉着气问我。

我还未来得及看清楚桌上坐了些什么人，立刻先把眼光投向黎昌盛。

"对不起，我不知道今天有客人要来。请原谅我。"我走到黎昌盛的身边，带着一点点撒娇的口吻说。

我知道何时应该低头，何时应该撒娇，何时应该给丈夫足够的颜面。

聪明的女人应该知道，女人最锋利的武器不是女人变得如男人般刚强，而是女人充分发挥女性的柔。所谓柔能克刚。

果然黎昌盛立刻情绪变好，温柔地对我说："算了，赶紧来坐吧。小洁临时通知我的，我以为你在家。"

听到黎昌盛这么说，我把眼神看向黎洁。

冰雪聪明的黎洁，立刻站起身来对着我说："我只是把刘远带回来随便吃顿饭，爸爸非要弄得这么隆重。怪我没有提前说明。"

几句话之间，黎洁把球抛给了黎昌盛，又及时化解了自己和我可能要产生的误会。奇怪，以前，我怎么没有发现黎洁会这几手呢？看来我得重新估量黎洁了。

等等，刚才黎洁说什么，刘远？

我把目光搜索过去，看到黎洁的右手边，有一个男人正亲密地靠在她的身边，同时目光意味深长地看向我。

可不就是刘远，我的初恋男友，刘远。

我应该早就想到，世界上能有几个刘远，我的一生又能遇见几个刘远。此刘远不过依然是那个命运安排来折磨我的刘远。

我真想在心里哈哈大笑，这个命运也真是太有意思了，果真是嫌我的生活过得太无聊了。

"您好。"刘远看到黎洁提到他的名字，立刻站起身来，对着我微笑打招呼。

"您好。"我也机械地点点头。

"爸，有客人？"黎铭的声音从身后响起。

他的话及时化解了我面对刘远的尴尬。

"小铭，你来这里坐吧，今天小洁带刘远回家，我们全家正好一起吃个便饭。人都到齐了，大家先开始吃一点吧。"黎昌盛招呼道。

马蹄形的餐桌，黎昌盛一人坐在主位，右手是我，我的右手是黎铭，左手是黎洁，黎洁的左手是刘远。也就是说，我和黎洁面对面，黎铭和刘远面对面。

"刚才刘远说，他和你认识？"黎昌盛轻描淡写地问着我。

我看到黎洁把果汁杯轻轻放下停住了手里的刀叉，黎铭也把头扭向我，刘远也唇角带着笑意地看着我。

"是啊，小洁，刘远有没有告诉你，我们是怎样认识的？"我笑容灿烂地把话题转给黎洁。

黎洁"呃"了一声，刘远立刻接过话说："我和黎太太是老乡，正巧又是读同一个大学，大学里老乡聚会见过几次。毕业后就没有见面，前段时间黎太太的家人遇见我，让我带话给太太。也巧了，那次就遇到了小洁。"

刘远把那天到我家来，我临时编的谎言当成了真相来讲。

我稍微放了点心，看来刘远没有把我和他的事情都告诉黎洁。可是同时又无比悔恨，怎么一次机会就让刘远和黎洁勾搭上了呢，我真是对敌人的警惕性太缺乏了。

"哦，原来如此。来，喝点东西吧，来。"黎昌盛仿佛左耳朵听进去，右耳朵就走了，没有进到心里。

可是黎铭却一直若有所思地琢磨着我和刘远的眼神。

"来，尝尝这个，王嫂做这个，可比饭店做得好吃多了。"黎洁不断地给刘远夹着菜，一副浓情蜜意的样子。

刘远更是一副无比受用的表情，还让黎洁多吃点，说："你才应该多吃点，你看你太瘦了。"

我在奇怪，刘远的审美什么时候变了。他不是一直主张苗条的女性才像女人的吗？

他有名言曰："一个女人若是胖了，还不如去死。"

怎么到了黎洁这边，就成了担心她太瘦了。

果然男人撒起谎来，比女人更加自然流畅。我今天算是发现了刘远的又一个长处。

"爸爸，我想让刘远到咱们公司来工作。"吃到一半的时候，黎洁突然提出了这个要求。

全部的人都停住了动作，只有耳朵在默默地辛勤劳动。

"哦？"只有黎昌盛继续在喝着汤，只是轻轻地应了一声。

"小洁！"刘远喊了黎洁一声，语气里有点阻止的意思。

"你让我把话说完，我知道你不愿意这样。所以我才把你叫到家里来，当着爸爸的面来讲这件事情。"黎洁温柔地求着刘远。

刘远脸上是一副无奈的表情。

我耐心地等着，看看究竟他们要唱的是哪一出戏。

"说吧，小洁。"黎昌盛终于停下了手中的食物，看着黎洁。

"爸爸，我和刘远是认真的。刘远现在的工作虽然也很好，可是每天的事情都是很琐碎的，我不希望他做那样的事情。我认为他应该去更有挑战的岗位，去发挥他的长处。"黎洁急切地说。

"噢？小洁，那么你认为刘远的长处是什么呢？"黎昌盛慢条斯理地说。

"他有很多长处啊，比如——"黎洁刚想要说，黎昌盛伸出了左手，做了一个阻止的手势。

"这样吧，刘远，星期一早上，带上你的简历到我办公室来一下吧。"

"你们继续吃吧，我有点累了。"黎昌盛站起来，往楼上走去。

我立刻也站起身，跟着他上楼。

　　黎洁、刘远、黎铭看着我们离开上楼。

　　我很想马上知道黎昌盛对刘远和黎洁的事情，究竟是什么样的看法。

依然想爱你

刚走到楼梯上，我口袋中的手机就震动了起来。我拿出来一看，是刘远的电话。我悄悄地把电话掐了，继续追上黎昌盛。

黎昌盛进到了书房，我随他进去。

"小雅，你对这个事情怎么看？"黎昌盛突然回过头问我。

"什么？"我没有想到黎昌盛会这么直接问我。

"小洁和刘远的事情啊。"黎昌盛坐到书桌前，问我。

我微笑了一下，说："挺好的。"

后妈不好当，更何况我这个后妈和黎洁年龄差不多。多说多错，少说少错，不说不错的道理我还是懂的。

"嗯。"黎昌盛不吱声了。

"小雅，过来。"黎昌盛拍拍摇椅的扶手。

我走过去，像以前一样顺着他坐在摇椅的扶手上，黎昌盛拉住我的手，无意识地摩挲着。

"小雅，你有没有想过要知道我究竟有多少钱？"黎昌盛突然这样问我。

"啊？"我很惊讶，压根没有想到黎昌盛会这样问我。

"坦白点，别跟我说，你没有想过。"黎昌盛停止了手的动作，看着我的眼睛说。

"是，我想过。"既然他想要实话，那就告诉他实话吧。说实话总比撒谎容易多了。

"那么你为什么不问问我呢？"黎昌盛问我。

"问你有用吗？再说，现在我们结婚了，问或者不问都已经没有意义了。"我说。

"怎么没有意义？你应该问，如果我是你，我就会想要问。如果问不到，我会想其他的办法弄清楚。"黎昌盛继续说。

"好，那么我现在问你，你有很多钱吗？"我顺着杆子往上爬。

"很好，如果我告诉你我有很多钱，你会怎样？如果我告诉你我没有钱，你又会怎样？"黎昌盛的眼神直刺到我心里去。

我觉得这样的问话，一点也不好玩。刚才不是讨论刘远和黎洁的问题吗？怎么转眼工夫把话题引到我自己的身上来了？

"回答我。"黎昌盛握着我的手，紧了一下。

"好，我回答你。如果你有很多很多钱，那么我至少知道你能保证我目前衣食无忧，那么我表示很开心；如果你没有很多很多钱，那么我也没有其他想法，目前的生活已经很好，我不求更奢华的生活。"我回答。

"哈哈，你倒是容易满足。"黎昌盛仰头笑了几声。

看到黎昌盛心情略好，我想到了今天白天高占强和我说的事情，也想要趁着这个机会问问清楚。

"好，你问我的问题，我回答完了，现在该轮到我问你了。"我说。

"嗯？你有什么问题？"黎昌盛的目光里又有了一丝警惕。

"你究竟有多少钱？"我很严肃地站到黎昌盛的面前，看着他问。

"你刚才不是说，你没有其他的想法吗？怎么又想要问？"黎昌盛问道。

　　"你不想回答这个问题，嗯，那我们换个问题。你为什么要娶我？"我一字一顿地问道。

　　"因为你漂亮啊。"黎昌盛笑着说。

　　"比我漂亮的女孩多的是，也没有见你统统都娶回家呀。我想听实话。"我坚持着。

　　黎昌盛站起来，走到窗前，背对着我，说："因为你适合。"

　　"什么叫我适合？是不是因为我属狗，是不是因为有算命的和你说，你应该娶一个像我这样八字和你相合的女人？是不是你只想要我和你做一年的夫妻？是不是，是不是，你根本就没有喜欢过我？！"我一口气说出来，不知道为什么我越说情绪越激动，到最后眼泪纷纷涌出。

　　黎昌盛转过身，看到我的情绪如此失控，他的脸上满是意外。

　　"小雅？那你呢？你不是也没有喜欢过我？"黎昌盛犹豫小心地问，带着强烈的揣测。

　　"我？你问我？我没有喜欢过你？！是，我根本就没有喜欢过你，我看上你只是为了钱，我在家里大门不出，二门不迈就是为了等待一年婚姻合约的结束，我如此费尽心思对你，只是为了讨好你，说穿了就是为了你的钱！

这样的答案，你满意了吗？你喜欢吗？"为什么，为什么，我在说着这些的时候，心里却感觉一阵阵刺痛，以至于我不得不蹲下来，捂住我的胸口。

一阵沉默，我只看见黎昌盛的双腿逐渐移了过来。随便吧，爱怎么处理，就怎么处理吧，命运爱怎么发展就怎么发展吧。

原来这么久的时间，这么久的相处，这么多的心思，在黎昌盛看来，也只不过是一个"我不喜欢他"的结论。

假的无论怎么做都是假的，永远也真不了。可是，这些天的相处，真的是假的吗？真的只不过是我一场自欺欺人的幻觉吗？

我抱住肩膀，不住地哭泣。

黎昌盛的手伸了过来，将我用劲拉了起来。

"抬头，看着我。"黎昌盛命令道。

我的身体架不住他的使劲，被他拉了起来，但是我的脸别过去，不想要看他。有什么可看的呢，原来以为努力总会有回报，原来在他看来只不过是我小丑般的演出，一切在他看来只不过是为了他的钱。

"小雅，看着我！"黎昌盛用双手托住我的头，掰了过来。

我的眼睛和他的眼睛牢牢对视，我的眼泪因为被怀疑的屈辱而不断流下，我闭上眼睛倔强地不去看他。

突然，我的双唇被紧紧吻住，我的身体也被黎昌盛牢牢地嵌进他的怀中。黎昌盛像疯了一样，狠狠地、用劲地、像末日般地，吸吮我的眼泪，吻住我的双唇，纠缠着我的气息。两只手，更是紧紧地掐紧我的腰，不愿意松开。

"小雅，我是傻子，我是傻子。你骂我吧。"好不容易，喘口气，黎昌盛在我的耳边轻轻说。

"我从来没有想过有一天，我黎昌盛也能得到爱。我一直想，你只不过是为了钱，我一直怀疑你，是我错了。"说着说着，黎昌盛又忍不住再次吻住了我，这次比刚才更加细密，深情。两只手也在不停地将我抱紧、抱紧。仿佛，如果他一松手，我就会悄悄地溜走。

开始时我的身体是僵硬的，可是禁不住他的缠绵，渐渐也就软了下来。

我也被刚才的自己吓了一跳，我也未曾想过自己有一天会真的爱上黎昌盛，可是刚才的那些话，未经思考，就已经从我的口中脱口而出。

真正的爱情，不过是不经思考的一种本能。直到发生的那一刻，我们才能清楚地看到自己的内心。

既然如此，我还要假装什么呢？我爱眼前的这个男人，黎昌盛。

我开始搂住他的脖子，热烈地回应他的吻。黎昌盛感觉到我的回应，更加热情地用身体做出回应。

他的手慢慢地解除我身上的衣裳，一件件地，温柔又干脆。

"慢着，门还没有锁呢，这是书房。"我小声地提醒他。

黎昌盛笑着将我一把抱起来，开着玩笑说："哎哟，我这把老骨头，快要抱不动你了。"

我两只手紧紧地搂住他的脖子，将头埋在他的脖子间。

黎昌盛走到门口，用脚把门踢上，用一只手把门锁上，然后将我放到书房旁边的躺椅上。

他的手轻轻地抚摸着我的曲线，俯身下来，深深地吻上我的心。

"说，说你爱我。"黎昌盛的声音在我耳边阵阵发麻。

"不，我不说。"我笑着躲开黎昌盛的气息。

黎昌盛轻轻地咬住我的耳垂，一点点地咬着，我咯咯地笑起来，躲着他。

"说，说你爱我。"黎昌盛继续要求着。

“不，我不说。”我的气息开始无法均匀。

黎昌盛的一只手，贴着我的皮肤，悄悄地揉搓着我的敏感处，让我不得不扭动身体，想要摆脱他的攻击。

“乖，说，说你爱我。”黎昌盛开始折磨我的抵抗力。我不知道我还可以坚持多久。我从来不知道黎昌盛原来可以这样懂得风月，善于调情。

“不……我不说……”我已经无法说出完整的话了。

猛地，黎昌盛的头换了一个方向，吻住花蕾盛开的地方，我一阵颤抖。

“说吧，大声说你爱我。”黎昌盛嘴里鼓励着我，手在不断刺激着我。

“我——爱——你！”我终于无法克制自己，大声地喊了出来。

终于，黎昌盛和我，合二为一。

至于，楼下，刘远，黎洁还有黎铭，统统到明天再做考虑吧。

人生是一场磨难，苦痛挣扎的日子，总比幸福快乐的日子多很多。

若是有一天我发现，我格外高兴和满足，那么我会不由自主地担心，明天我是否会失去更多。

就如现在。

我和黎昌盛，总算在经历了一番彼此怀疑、小心试探之后，开始彼此相爱。可是，我却一直在担心哪一天醒来，发现不仅这一场爱是假的，连黎昌盛这个人也是我的凭空幻想，只是我在残酷艰难的现实生活中一场彻头彻尾的自我虚构。

哪有什么人爱我，我不过是一个曾经辗转在几个男人之中的女人，物质上曾经一贫如洗，感情上曾经一团乱麻。

和那些挣扎在生活的炼狱中的女人，并没有任何不同。

若说有，那也许就是，我还没有失去对爱情的信心，而有的女人连这个也许都不再拥有。

黎昌盛这几天比过去更加繁忙，经常不在家中吃饭，而黎铭也是神龙不见首尾。黎洁更是因为润泽在爱情的雨露中，像个花蝴蝶一样，每天清晨打扮好之后出去，深夜才会归来。

全家就我最空闲。

空到每天我一睁眼就会发愁，一天如何打发。

这天，艾艾突然给我打电话，告诉我说她将要离婚的新闻。

　　我正在家里剪花草，手里提着一把剪刀，闲闲地说："好啊。"

　　"你疯了，小雅，我说我要离婚啊？你好什么好？"艾艾的声音在电话那头几乎要震破我的耳膜。

　　我把电话拿得离耳朵远了一点，过一会儿才又贴上耳朵，说："好了，发泄完了吧。还想离婚吗？"

　　"你怎么知道我这次不是真的离婚？"艾艾在电话中对我这样开玩笑的态度无比愤怒。

　　"大少奶奶，你要是想要离婚，还打什么电话给我，早就直接去扯离婚证了。你之所以还有空打这个电话，就是因为你不想真的离婚。"我实在已经对艾艾的离婚恐吓提不起兴趣。

　　"哎呀，你可别这么说啊。这个世界上离婚的人多了去了，说不定哪天我就真的离婚了。哎，照你这么说，那些离婚的人都是为了什么啊，你有没有遇到过真的离婚的人？哎，你那个黎昌盛，之前的老婆是死掉的还是离掉的啊？啊？"艾艾在电话那头，调笑着，不知不觉中居然把话题就引到我这里来了。

　　闺中密友，真是一个可怕的物种，无时无刻不想要打听你生活最隐秘的信息。

"哎，哎，哎，过了啊，过了啊，没有你这样的啊。你是不是嫌我生活过得太无聊了，给我找点刺激啊？"我在电话中不客气地把艾艾说了一通。

"哈哈哈，过什么过，你不是真的没有去想过这个问题吧？你不是真的对这个问题丝毫不关心吧？我可是天天夜夜想着，你家黎昌盛为啥二婚啊？我冥思苦想，好不容易有了一点结论。"艾艾在电话中极尽煽动。

"好吧，为了对得起你的脑细胞，我表示，我愿意听一听你的结论。"我继续拿起剪刀修剪花枝。

"第一，黎昌盛的老婆死了，不过好像没有，要是有他就会直接告诉你，她死了。第二，黎昌盛的老婆和他离婚了，若是这样就很有意思了，黎昌盛貌似还有点钱，那么显然他和他老婆离婚就不太可能为了钱，这么说来，不为钱就是为情了。那么，不是黎昌盛爱上了别人，就是她老婆爱上了别人。说爱，那还是好听的，这年头，哪有那么多真爱啊，真爱早就躲起来睡觉了。那么，哈哈，就是有人出轨了。黎昌盛？还是他老婆？若是黎昌盛出轨了，那么他在和老婆离婚之后就可以直接娶回家，那就没有你什么事情了，那就是他老婆出轨了。黎昌盛的老婆出轨，并且和他离了婚，那究竟出轨对象是谁呢？

为什么她放着好好的黎夫人的生活不过呢？这就很有意思了。"艾艾居然真的还做了一番思考。

"你怎么不去做福尔摩斯呢？整天待在家里相夫教子，岂不是可惜了。我表示，我跟不上福尔摩斯的思想。你还是去琢磨一下，你喜欢的那个怀孕女明星肚子里的孩子，这回是女孩还是男孩比较靠谱，再见。"我一口气说完，把电话挂上了。

但是已经晚了，我的好奇心被艾艾的这通电话彻底地吊起。

想起高占强一副奸人的嘴脸，我怎么都无法想象，黎昌盛的前妻会为了这个人而离开黎昌盛。

我也很好奇，黎铭现在和他妈妈有没有再见面。貌似，黎家上上下下都绝口不提黎家前任太太的任何信息。

他们不说，我决定自己去问问。

我来到厨房，正愁没有什么机会开口，看到王嫂在择菜，还是每顿必有的小棠菜，心里有了主意。

我蹲下去，也拿起一根菜，三下五除二地把叶子上脏的和坏的部分择干净。

"哎呀，太太，你怎么来了，这些事情我做就可以了。"王嫂一脸惊慌。

"没事，我反正没事，陪陪你。"我随口说道。

"王嫂，我发现你很喜欢买这种小棠菜，很少买什么空心菜，是老爷不喜欢吃吗？"我一边择菜一边随口找话题。

没有想到，王嫂却是一惊，连忙站起来，对着我说："太太，要是不喜欢这菜，我下次可以不买。"

我没有想到王嫂反应这么大，我笑着拍拍手看着王嫂，也站起来说："我就这么随口一说，我这个人啊，有的吃就很满足了。"

王嫂这才放心，又蹲下来继续择菜，随口说道："太太，我还真没有注意自己一直买这个菜，这么多年了已经买惯了。"

"嗯？买惯了？家里是谁特别喜欢吃这个吗？我看到黎铭和黎洁大部分都是吃西餐，中餐吃得很少，老爷似乎也是喜欢吃肉多一点，所以我就问问。"我拍拍王嫂的肩膀，解释道。

王嫂抬头看着我，欲言又止。

"是谁喜欢吃这个？还是王嫂自己比较喜欢？"我探究着她的眼睛。

听我这么说，王嫂连忙回答说："不是，不是，不是我。"

"那是谁？说吧，我就是好奇，我们餐桌上为何每顿都有小棠菜，你说吧，就当满足一下我的好奇心。"我微笑着鼓励王嫂回答。

"哎呀，不瞒太太您说，是以前的太太特别喜欢。"王嫂回答道。

"哦？这是为什么呢？"我假装不介意，鼓励王嫂继续说下去。

"以前的太太吃素，所以基本上每顿都是以素食为主。这个小棠菜，太太最喜欢，说是绿色叶子蔬菜中，这个最爽口，有时候清水煮一煮，有时候炒一炒，有时候烧个汤。这么多年下来，我们就习惯每次都买一点这个。若不是今天太太您提醒，我还没有想到其实原来太太已经走了，应该改一改菜谱了。"王嫂歉意地笑笑。

"哈哈，没事，没事，改什么菜谱啊，绿色蔬菜，我也喜欢。"我笑着应和着，心里却很不是滋味。原来黎昌盛前任老婆的影子无处不在，连一顿饭中，都会有她的喜好存在。

那么在黎昌盛的心中，想必前妻留下的印记会更多吧。

"来，跟我说一说，前任太太是怎样的一个人。"我问着王嫂。

王嫂犹豫地说："我今天说得太多了，对不起太太，我不该说这个的。"

我笑着搂住王嫂的肩膀，说："哪里有什么对不起，你是在帮我。我想知道前任太太是怎么做好太太这个角色的，你知道我年轻，很多事情都不懂，还需要王嫂你多帮我提点一下。"

听了这个话，王嫂果然笑逐颜开，倚老卖老地说："太太您还别说，老爷还真是有很多特别的喜好，以前太太也是跟我们叮嘱了多次，我们才记住的。"

"哦，那么你就仔细地给我说一说，我一定认真做个好学生。"我一副虚心求教的样子。

王嫂果然一下子就打开了她的话匣子。

世界上有两种极端的爱，一种是天涯咫尺，一种是咫尺天涯。

前者，因为有爱，距离便不成为距离；后者，因为无爱，再近的肉体也隔着两颗遥远的心。

爱一个人，有时候是很寂寞的一件事情，哪怕你爱的人，和你近在咫尺。可是，你依然感觉你只是一个人，寂寞的一个人，你们之间，隔着远远的距离，远到即使你们躺在一张床上，却如隔着整个海洋。

在王嫂看来，黎昌盛和前妻辛爱之间，就是隔着这样的一个海洋。

在王嫂初到黎家之初，王嫂还认为到底是高层次的人家，夫妻之间相敬如宾，就连递一个东西都会加敬语"请""您"，"谢谢"更是经常性地挂在嘴边。可是时间长了，慢慢地就觉出了一些别样的味道。

黎昌盛回到家的时候，辛爱往往已经睡觉；等黎昌盛出门的时候，辛爱往往还没有起床。就算黎昌盛有时候周末在家陪着辛爱，辛爱却说早已经安排好了活动，不能陪伴黎昌盛。黎昌盛也就微微一笑，手一挥，让她出门。

但是，纵然如此，王嫂等人还是看得出来，先生对太太是非常喜欢的，家里的布置都是按照太太喜欢的去弄，家里的菜肴也都是按照太太喜欢的去烹饪，凡是太太喜欢的，先生都会是去尽量满足的。这些连用人们都看了暗自感动，想着先生虽然已经拥有很多财富，却没有一般富豪花天酒地的恶习，对太太也是一片真心。可是辛爱，对于黎昌盛的好却毫不领情，每每看到了，脸色也是没有表情的冷漠，有时候还会因为黎昌盛对她特别好，而有一点厌烦的情绪。

这其中的缘由，就不是王嫂他们所能知道的了。

然后突然有一天，太太离开家之后再也没有回来过，她的贴身之物也一样没有带走。倒是先生让王嫂他们把辛爱的东西全部仔细分类打包好，然后让车运走。半天之后，车又原封不动地把东西运回来。先生看了看，发了一会儿愣，然后就说把这些东西全部运到仓库。之后，王嫂他们再也没有见过辛爱。

"仓库？哪个仓库？"我打断王嫂的叙述，好奇地问。

"你问司机，他知道，好像是先生公司的什么大仓库。"王嫂回忆说。

"哦。"我若有所失地长叹了一口气。本来我还想，悄悄地去参观一下黎昌盛前妻的私人物品，以此满足我一颗已经沸腾的八卦心。

"太太，你可不要告诉先生我和你讲了这个。"王嫂突然明白过来什么，紧张地说。

我揽住王嫂的肩膀，笑着说："放心吧，王嫂，我还怕先生知道我问了这个呢，我们大家互相保密。我也就是一时好奇，这个你也可以理解的，是吧？嘿嘿。"

王嫂这才如释重负地笑着说："理解，理解。太太我要干活了，厨房油烟大，你还是上楼休息吧。"

"嗯，好，你忙。"我临走的时候，又拍了拍王嫂的肩膀，朝她眨了眨眼睛，以示和她有了共同的秘密。

走的时候，我的心里充满着不能散去的好奇和浓烈的醋意。好奇的是，黎昌盛这样出色的男人，辛爱为何对他不理不睬，若是没有爱，又为何嫁给他；吃醋的是，听王嫂的叙述，黎昌盛对辛爱的感情，明显比对我的要好得多得多。

我想要知道黎昌盛和前妻之间究竟发生了什么事情，又是什么事情导致了黎昌盛的前妻辛爱离开了黎昌盛又到了他表弟的怀里。

这究竟是怎样的一个曲折故事？

我又是怎样的一个角色，又如何被黎昌盛选中进入了这场人生话剧？我的下一步，将要被分配什么样的戏份儿？这一切，我都不得而知。

但是，我说过我从来就不是一个遇强则弱的女人，也从来不相信什么命运操纵在老天手里。对于我这样一个出生在贫困地区，人生路上凡事都要自己争取的人来说，主动出击远比默默等待靠谱很多。

命运还真是不让我闲着，才到楼上我就听到手机在一直响，我估摸着是黎昌盛打电话回来了，谁知拿起来一看是刘远的电话。

谁知道这位乘龙快婿，整天惦念着我这位将来的丈母娘是做什么，一点都不注意影响。我决定提醒他一下。

"喂，刘远，什么事情。"我摆出一副将来丈母娘的威严口气，接起电话。

"小雅，你赶紧离开黎家吧，现在、立刻、马上！"刘远听到我的电话，口气无比着急地说。

"等等，刘远，你每次都说这种话，无不无聊啊。"我实在是对刘远，每次和我对话，都是一副上帝拯救我于水火之中的口吻，不胜其烦。

"小雅，我求你了，你赶紧走吧，再不走就来不及了。"刘远的口气不像是以前的样子。

我意识到情况有了变化，立刻严肃地说："怎么一回事？刘远，你用最简短的话告诉我。我明白了真相之后，才能走。"

就让命运的摧残来得更猛烈一些吧！

我做好充分的准备，等待刘远告诉我一个悲惨的理由。

暴雨将至

刘远在电话里告诉了我一个让我震惊的消息。

"小雅，你快走吧，黎昌盛刚才已经被纪委的人带走了，估计这会儿已经在交代情况了。"电话里刘远的声音虽小，却有着无比的威慑力。

"什么？什么？你说什么？是哪里把他带走？"我焦急地问。

"纪委，这只是一个开始，接下来黎昌盛的公司也会破产，说不定他本人还会面临被起诉，甚至还有更坏的状况，你赶紧走吧……"刘远还没有说完，电话就挂断了。

我不知道电话那头出了什么状况，更被刘远所告知的这个情况，弄得不知所措。

走？我能走到哪里去？我是黎昌盛的妻子，就算我再怎么撇清关系，他还是我的丈夫。

等等。

我突然想到一件事情。这么久一直被我忽略，却至关重要的事情。我虽然是黎昌盛现在的妻子，但是在法律上却什么都不是，因为我压根儿和黎昌盛就没有去领结婚证！

当初只是办了一场婚礼，签了一个合约，独独没有想起来要去领结婚证。

不，应该说是我没有想起来。至于黎昌盛，他绝不会没有想到。

之所以没有去领结婚证，一定有他的深思熟虑。

设身处地地想一想，我们准备结婚的时候黎昌盛是拥有着一个大公司和雄厚家产的钻石男人，而我，却是一个和他差了整整三十岁的小姑娘，和他没有生死患难，甚至连认识也没有多久，就愿意和他结婚。看起来怎么都像是为了他的钱，而不是为了他的人。

不过事实也是如此。

那么当初他没有提出来去领结婚证，其实是为了留有余地，或者，是为了保护他的个人财产，或者压根就是对我不信任。

只是他没有想到，当初他的留有余地，却成了我如今的退路。我不是他法律上的妻子，也就没有义务和他共同承担苦难和灾祸。

若是此时，我带走家中值钱的首饰和字画，一走了之，避开即将来临的风暴，于我而言，是一种最好的选择。我得到了钱财，也没有损失多少青春，不过才不到一年的时间。至于当初合约上，黎昌盛答应我的一百万，一幅黎昌盛书房的字画就不止一百万。更何况，我想，我若是现在带走了这些，黎昌盛也不会去追查。不要说黎昌盛正在接受调查，就算黎昌盛今后自由了，他也不会为这些钱物和我计较，毕竟我是他大张旗鼓举办婚礼娶回家的妻子，黎昌盛总不能说他的妻子卷走了他的钱财，他也丢不起这个人。

可是，我能这样做吗？

能！有何不能，趋利避害，古人就已经说过，很多大丈夫都如此作为，我一个生活在底层的小女子，有何不可。

可是，我真的能这样做吗？

几天前，黎昌盛和我之间的亲密，难道是一场虚妄的欢愉吗？难道只是一次普通的男欢女爱吗？那些因为冷落而曾流下的眼泪，那些因为等待而疯狂滋长的想念，还有那些因为想要了解他而去做的追寻和努力，都是假的吗？

正在我和自己纠结斗争的时候，房间门"砰——"的一声被推开了。

我被吓了一跳。手里的首饰盒，也"哐当"一声，摔在地上，首饰撒落了一地。

黎铭睁着两只布满红血丝的眼睛看着我，然后猛地抱住了我，紧紧地抱住，接着我听到传来一阵野兽般的悲痛哀号。

我被黎铭这样突然的举动，弄得更加心慌意乱，一把推开黎铭，狠狠地盯住他，口气凶狠地说："哭什么哭？一个大男人动不动就哭哭哭！你有什么出息啊？有事说事，没事请走！我没有工夫陪你在这里磨叽。"

黎铭惊讶地抬头看着我，他没有想到我会这样发火。

我不再看黎铭，蹲下去捡那些首饰，这些都是货真价实的黄金钻石，有的时候还能救救急，我可不跟钱财过不去。

"小雅，我们家可能没有几天好日子了。"黎铭忍住了难过，尽量用平静的语气说。

"我没进你家之前，过的本来就不是什么好日子。"

我一边捡着珠宝一边说。

手里的这副蒂芬妮甲壳虫造型的耳环，是黎昌盛送给我的。有一次我看杂志的时候看到可爱，正巧黎昌盛也在我身边，我就顺便给他看了一下。没有想到第二天，他回家的时候就把它买了回来。

"小雅，我不知道公司发生了什么事情，可是今天一大早爸爸突然被带走了，公司的股票从上午开始一直跌，到现在为止，股价跌了近一半。"黎铭说。

我拿着甲壳虫耳环，慢慢地站起来，很奇怪地问："你爸爸早上被带走，股民怎么会这么快知道？"

黎铭想了想，皱起眉头说："报纸一大早就刊登了这条新闻，市民自然会知道。"

我听了黎铭这番话，更加觉得蹊跷："什么？报纸一大早就刊登了，你不是说你爸爸是早上才被带走的吗？所有的晨报都是昨天夜里编好的新闻，送到印刷厂，然后才被分配投递，这么说，你爸爸今天被带走，媒体居然昨晚就知道了？这不是太蹊跷了吗？"

黎铭想了想，也觉得奇怪，说："是啊？这里时间上不对啊。"

"今天的报纸在哪里？我去看看。"我放下首饰，快速地走出房间，黎铭跟在我后面下了楼。

"王嫂，王嫂，早上的报纸在哪里？"我一边下楼梯，一边喊着王嫂。

"太太，报纸还在信箱，我去取来。"王嫂听到我的喊声，立刻疾步出门，去拿报纸。

《港市早报》《新闻晨报》《东方日报》等，黎昌盛有看报纸的习惯，所以本市几大报纸，家里全部都订了，一般都是送到黎昌盛的书房，黎昌盛会在晚饭过后翻一下今天的全部报纸。

我迅速地翻到经济版，果然有头条新闻报道恒通集团涉嫌商业贿赂案，今早董事长黎昌盛被带走。虽然没有图片，但是报道和早上发生的事情基本是一致的。这些报纸俨然是预言家，昨晚就预测到了今早的事情。这明显就是有知情人向媒体透露了消息，并且这个消息肯定会被坐实，所以报纸才敢把将要发生的事情，打着时间差发上去，然后报纸到读者手里就变成了及时新闻。

问题是，黎昌盛在本市也算是有头有脸的人物，恒通公司一向和媒体关系也比较融洽，如果昨晚就有媒体知道会有这样的新闻，为何没有一个媒体朋友去通知黎昌盛？我们一点动静都没有得知？

　　除非这是一场精心策划的商业阴谋，有人出高价买通了这些报纸媒体，精心策划了这次的新闻！目的是彻底打垮恒通集团和黎昌盛本人。

　　可是，这究竟是谁干的呢？

　　这一天，直到深夜十二点，黎昌盛都没有回来。

　　没有一个电话，没有一丝消息，秘书说不知道，司机说不知道，只有一些隐秘的消息在这座城市中间流传。

　　当然，不是什么好消息。

　　有人说，黎昌盛已经被纪委请去喝茶了。

　　也有人说，黎昌盛已经在当天偷偷出境了。

　　甚至有人说，黎昌盛已经畏罪自杀了。

　　家里的电话一直在不停地响着，都是各大媒体要求采访黎昌盛的消息。我让王嫂统一回答，先生在休息，现在不方便打扰。

　　我当然知道这些媒体根本不相信王嫂的回答，他们知道比我更多的消息。但是他们都无从证实，唯一能证实的途径就是找到家里。

　　黎夫人的生活，貌似从今天起将要结束了。

　　谁都等着看一场好戏，看着黎先生光环失去，看着年轻的黎夫人卷款离开，看着黎宅空气阴郁、哭哭啼啼。

我偏偏不让。

我始终相信黎昌盛。他不会这么一言不发地离开，他也不会如此抛妻弃子，他更加不会一蹶不振，甚至是什么畏罪自杀。

那些都是弱者的把戏，而黎昌盛从来都是一个强者。

所有的一切，都是重重雾障，真相终归会显现。我有足够的耐心等着真相浮出水面。

一切反动派都是纸老虎。

毛主席他老人家早就下过断言，我只要跟着伟大领袖的意见走，一定能见到光明。

可是黎铭和黎洁显然不是这么想的。他们都以一副丧家犬的表情，演足了沮丧的情绪，哭、闹这还是最初的反应，之后就是不吃不喝、关门谢客，以一种类似黎昌盛死了的态度，对待黎昌盛的消失。

我深恶痛绝。

我为黎昌盛有这样的儿女，感到深深羞愧。

可是我只不过是一个后妈，没有办法和他们说更多。我只好要求黎铭和黎洁待在家里，我答应他们去查查黎昌盛在哪里。

黎铭倒还好，只是看了我一眼，没有说好，也没有说不好。

可是平时寡言的黎洁却不这么想，她用一种完全不信任的口气问我："你去哪里打听消息？"

我恨死了黎洁这副样子，暗自骂着，小屁孩敌我不分。但是嘴上只能和这位大小姐解释："我尽量出去问问有没有知道内情的人。"

黎洁更是怀疑："你认识知道内情的人？"

白痴的大小姐，你什么意思，难不成是我害了你亲爹？

我收住笑容，故意一本正经地说："我还真认识一个知道内情的人。"

黎洁的眼中果然闪烁出光芒，问："谁？"

我心里冷冷一笑，脸上装出十二分真诚地说："是你男朋友刘远啊，就是他第一个打电话给我，说先生出事了的，怎么，他没有告诉你吗？"

说完，我立即转身就走了，丢下满心疑问的黎洁，去点燃刘远这把火。

坦白说，我是怀疑刘远的，直觉告诉我，他知道的东西一定比我知道得更多。但是现在他的身份让我无法更多地盘问他，这个光荣而又艰巨的任务，就交给他亲爱的未婚妻黎洁小姐吧。

至于我，我自然有打听消息的人。

那个人，不是别人，正是我的老情人，程嘉西。

程嘉西没有别的本事，唯独在打听消息这点上，有着异于常人的本领。想当初，他能打听出黎昌盛的工程项目，又能拐弯抹角地结交上黎昌盛，顺带送出他的女人——也就是我。在这件事情上，就能看出他人际交往的过人之处。

像黎昌盛出事，这样一件在港市金融界绝对算得上地震式的新闻，程嘉西绝不可能毫不知情。

程嘉西接到我的电话时，没有丝毫的意外，这也证明了，程嘉西对我的了解，一如我对他的了解，笃定而深刻。

一男一女，能够成为情侣，并且能够成为一年以上的情侣，而且能够在情侣之余一起合作生意，这靠的肯定不仅仅是异性相吸，更是对彼此优点和缺点的全面了解。欣赏你，才能和你合作；了解你的弱点，所以不怕你有一天翻脸。就算翻脸之后，也不怕你泄密出卖他。

我和程嘉西就是这样一种变态却牢固的男女关系。

"告诉我吧，黎昌盛到底是怎样一回事？"我也懒得和他周旋，直奔主题。

"哎呀，你是黎太太啊，你先生的事情，你应该比我更清楚啊。"程嘉西用一种尖酸刻薄的口气，和我调笑道。

这也是程嘉西致命的弱点之一：心眼比针尖还小。

对于我嫁给黎昌盛这件事情，程嘉西始终无法释怀。

"放你的屁，我知道的话，我还问你干吗？我没心思和你开玩笑，赶紧知道什么就说什么。"我毫不客气，恶狠狠地说道。

"啧啧啧，优雅的黎太太这话说的，可不像是香奈儿家的VIP，太粗俗了。比我的那些艳俗小女朋友好不到哪里去嘛。"程嘉西还在对商场遇到的那次耿耿于怀。

若不是为了黎昌盛，放在过去我立刻会挂断电话，从此当这个世界没有了这个人。

程嘉西当然也深知这一点，所以逮住了这个机会，拼命地拿我开涮。

"差不多就行了啊，程老板！事不过三，我让您说上两句。现在你可以告诉我了吧，黎昌盛到底得罪了谁？

这到底是怎么一回事？"我忍住气说。

"好吧，你去拿支笔，记下这个地址，找这个人。大概会知道一点真相。"程嘉西也收住了讥笑的口吻，叹了一口气说。

我立刻翻出一支笔，一张纸，说："好，你说吧。"

程嘉西说出了一个地址，一个名字，末了，还加上这么一句话："小雅，我以为你嫁给黎昌盛是去享福的。早知道这样，还不如跟着我呢。"

"我就把你这句话，当作对我旧情难忘，收下了，再见！"我迅速地挂断电话。

看着手中的这张纸上写下的地址和名字：时代金融大厦八十八楼高占强。

我拿到了程嘉西给我的名字，但是我并没有机会去找高占强。在我去找高占强的半路上，我就被拖回去了。对的，你没有猜错，我的先生黎昌盛将我拖了回去。

那天深夜，黎昌盛从风暴中放出来，回到家后知道我为了他去找高占强，一口水都没有来得及喝就转身去追我。

到底，最后，是黎昌盛，不顾一切地来追我了。

我清楚地记得那个夜晚，黎昌盛将我从高占强的办公楼下一把抱过，紧紧地牵着我的手，不顾一切地往前走。

从那以后，黎昌盛再也没有松手。

我知道，你想要一个这样的结局。

可是这世界上哪有那么多完美结局呢。

那天晚上黎昌盛拉着我的手不顾一切地往前走，但是走到尽头他给我的结局是一纸分手协议。

"小雅，这件事和你没有关系，你赶紧离开。"这是黎昌盛对我说的最后一句话。

之后，黎昌盛就离开了。我记得那天他头也没有回，将我交给了他的律师，律师给我签署了一堆协议，然后交给我一张卡。律师跟我说这张卡里有一百万，律师说让我尽快离开港市，黎昌盛将卷入的一切，都将和我毫无关系。

"黎先生希望你换个名字，换个地方，好好生活，陆小姐。"律师语重心长地对我说。

终究，黎昌盛对我的一切还是了如指掌的，我是陆小丫，从来没有什么尤雅，港市的一切终究是一场幻乐，从来没有真实存在过。

可是那些耳鬓厮磨的瞬间呢，那些唇齿缠绵的热吻呢，还有那些真实的拥抱呢？

终究是真的还是假的呢？

我不愿回头。

非诚勿扰

2010 年的夏天，我去参加了《非诚勿扰》，以唐夏娃的名义。

对的，你没有看错，我陆小丫，不再是尤雅，也不再是黎夫人，这些都是很久很久以前的事情。或者，你记错了，这不是我，这只是我的一场梦，我也记错了。

那是 2010 年夏天最火的节目。2010 年，我已经改头换面，这个世界上总会有一些人工的力量可以将你原来的面貌隐藏。2010 年的唐夏娃，已经是一个广告行业的不知名小模特，不温不火，勉强维持生计。

经纪公司说，《非诚勿扰》是最火的节目，你可以堂而皇之地告诉人们，我喜欢坐在宝马车里哭。

只为这一点，我就答应了。因为，我曾真的坐在宝马车里，在漆黑的深夜失声痛哭。只不过现在，宝马车没有了，宝马车里安静给我递手帕的那个人也没有了。

在节目开始之前的化妆间里，坐我旁边的女孩有个好听的名字，叫李夕颜。

那是一个很纯的女孩子，那样的纯真，我已经很久没有见到了。我都忘了，我的眼神也曾那样干净过。

"是艺名吗？"我忍不住轻声问。

那个叫作李夕颜的女孩，回过头看，用她弯弯的笑眼看着我，看到我的瞬间，脸上是瞬间惊讶的表情，脱口而出说："美女！"

"你的名字是艺名吗？"我又补充了一句。

"名字？哦，不是，我从小就叫这个名字。爸爸给取的，因为是傍晚出生又是女孩，爸爸就这么取了。"李夕颜笑着说。

"原来是这样，我差点叫了一个和你差不多的名字，曾经有个算命的建议把我名字改为'颜夕'，说是这样就能开桃花运。所以看到你的名字有点好奇。"我半开玩笑半认真地和这个叫作夕颜的女孩说。

"哈哈，那你幸亏没有改，你看我叫了这个名字，还不是要来这里相亲。"李夕颜自嘲地说。

我忍不住伸出手来，对她说："我叫唐夏娃，认识一下。"

李夕颜用力地握住了我的手，笑容无比纯真灿烂，让我想起了黎昌盛的女儿黎洁。

这些都是多久以前的事情了。我用力晃了晃头，将这些忘掉。

《非诚勿扰》是个好节目，但是不适合我。我已经懒得和男人们挤眉弄眼，搔首弄姿，兼装疯卖傻和卖笑。

我来想想那天的男嘉宾是什么样。在这个舞台上，长什么样已然不重要，重要的是那些数据。那天的男嘉宾一米八，硕士，海归，据说继承了家族企业，勉强可以算个富二代吧，或许是个"负"二代。谁知道。我只知道他头颅昂得比孔雀还高。不过，我心中当时已经有数，我是他的心动女生。他那频频射向我的眼神，又不忘对着其他姑娘放电的样子，让我暗自好笑。

婚姻，或者爱。留下，或者离开。从来不是绝对的正面，也不是绝对的反面。

果然，那个男嘉宾选的心动女生就是我。我露出八颗牙齿，迈出不夸张的台步，款款走向他。

看我怎么治你，我心里恶作剧般偷偷说着。

男嘉宾想要了解的话题是我们婚后是否想要小孩。

果然是直男癌的套路。

我微微一笑，说出我给他的答案：不想生育，两个人相爱到老。

我看到男嘉宾眼中的光芒迅速暗下去。

男嘉宾选择了同场的另外一个女生，我记得那个女生的答案是：小孩越多越好。

我的《非诚勿扰》之旅，无疾而终，勉强算是收获的是我认识了两个同场的女生，一个叫李夕颜的姑娘，另一个就是和男嘉宾最终牵手成功的女生，名字叫童若影。

在他乡

来到南京之后，我单身了很久。不是刻意，是因为我还在时时刻刻关注黎昌盛的消息。黎昌盛的消息，时有时无。有人说黎昌盛终究是进去了，关了很久。也有人说黎昌盛全家移民去加拿大了，只留下了一个空壳子公司。这些终究都是传说，没人能明确证实。

刘总是我来南京之初，处处关照我的人。关照的目的，不说我也知道。每天清晨起床的时候，对着镜子我也会恍惚，这么好看的人，和我有什么关系。那张毫无瑕疵的皮囊，究竟在这个世界上有什么意义。

当然皮囊偶尔是能换得某些东西的，比如婚姻，比如爱情，比如真心。这些你信也好，不信也好，都是真的，也都是假的。

对于婚姻，我已经不信了很久，好在这个世界上还是有些人信的，比如李夕颜。

再遇见李夕颜的时候，不过就是个把月之后，李夕颜已经是已婚的身份。李夕颜的浑身上下都洋溢着新婚的幸福。她在嘀嘀咕咕跟我说着她和老公如何走到一起，还有那些永不得正解的家长里短。这些尘世的热闹，在她身上是缠绕得这么丰盛这么好，我听着都感觉到生活是如此热烈及灿烂，所以我愿意听李夕颜多说一些她的故事。

我把李夕颜带到刘总的茶社。万幸的是刘总的茶社总是合我心意，更加万幸的是刘总不在他的茶社。我知道我这么说非常残忍。我不介意，我喜欢刘总的茶社，但是并不喜欢刘总，我愿意为我每次的消费买单，但是他坚持不收。

李夕颜显然和我一样，喜欢这个茶社，惊叹着这个茶社的好品位，但是显然刘总的出现破坏了她对这个茶社老板的想象。

好吧，既然刘总都出现了，我让你见一下吧。

刘总外貌平平无奇，甚至有点丑陋，脸色黝黑，个子比我还矮上几分，肚子已经和大部分的中年男人一样。

刘总喜欢我，我知道。所以呢？我不喜欢他，也不想给他难堪。这个世界上男女之间并没有那么多干净清楚的关系存在，暧昧也是这个世界运转的一种特殊润滑剂。

但是显然李夕颜不是这么想的，她是那种欣赏非黑即白的存在，爱或者离开，没有第三种选择。她和我完全不是同一种人，偏偏我有点喜欢她。

李夕颜问我这么好听的名字是不是艺名，就如我当初问她的名字一样。

我很爽快地告诉她是。

李夕颜很好奇地刨根问底，我的真实姓名到底叫什么。

我拗不过她，只好在纸上写下三个字：钱金花。

"这可是一个绝好的名字，有钱之后还不够，还要有金花，叫这个名字的人，绝对能发大财。哈哈，你改亏了。"李夕颜信以为真。

"其实我自己还挺喜欢这个名字的，无奈啊，这些城里人不识货啊，嘿嘿。"我半开着玩笑说。

李夕颜又看了看字条，忍不住又问："你把姓都改了？"

我只好现编，随口说道："其实，唐才是我的祖姓，我爷爷姓唐，只是我爸爸一出生的时候，体弱多病，就改姓给八字相合的钱姓人家，农村信这些。不过说来奇怪，我爸爸改姓之后身体还真就好了。我后来这一改名啊，也算是改回了本姓，爷爷是很高兴的。"唐夏娃说。

"原来是这样啊。"李夕颜这下可是彻底信了。

"夕颜，我告诉你啊，你这个名字是很招桃花运的。当初我改名字的时候，我也是把它做备用考虑的，可是大师说怕我压不住，桃花运太盛，反而招惹了灾祸。"我继续调侃李夕颜。

"哈哈，你就算叫钱金花，就你这如花似玉的容貌，不用大师算，我也知道还是很招桃花运的。"李夕颜反过来调侃我。

"去，去，去。没见过哪个女生这么愿意夸另外一个女生的。"我开心地笑了起来。

有多久没有这样开怀大笑过了，我已经记不得，感谢李夕颜。

那天在《非诚勿扰》认识的还有一个叫作童若影的女孩，在李夕颜之后不久也结婚了，似乎是嫁给了一个富二代，我没有细问。

遇到赵馨德那天，是李夕颜约童若影和我出来喝茶逛街。李夕颜似乎和童若影关系很好，至于为什么，似乎她说过，我已经记不得。因为那天我遇见了赵馨德，这件事占据了关于那天我的全部记忆。

不过就是一个普通的商场，我们三个女孩的普通的一次逛街，却不知什么时候开始惹来了人们的围观。

可能是因为我当时的一张房地产海报在南京已经投放，也可能是因为我参加了那次《非诚勿扰》，谁知道。

我看到服务员在窃窃私语，也看到有人在说着我现在的名字"唐夏娃"。李夕颜她们显然还没有习惯人们的这种指指点点，我已经无所谓。

正在无所谓间，我发现我们已经无路可走，这就有点糟了。李夕颜她们靠着我越来越近，越来越近，我们三个人已经紧紧缩到了一起。突然有几个保安从人群外突围进来，还有一个男人，一把将我的右手手腕紧紧抓住，用低沉的声音和我说："唐小姐，跟我走。"

这种镇定无比的感觉，像极了黎昌盛，我瞬间魂飞魄散，跟着这个男人走去。

茫然无措间，我被带进了一间办公室。

我相信李夕颜她们都以为我被吓坏了。是的，我是被吓坏了，恍惚间，我以为黎昌盛已然归来。

　　等到那个男人用一只手，轻轻地搂过我，将我的头轻轻揽过，说："没事了，相信我。"我才看清楚这个男人，他不是黎昌盛，我禁不住哭出声来。

　　这是多么悲惨的一件事，他不是他。

　　男人想要松开我的手，我忍不住条件反射地去抓住。我喜欢镇定、有力量、强势、沉稳的男人，就像黎昌盛。此刻的这个男人有那么一瞬间，让我觉得，他就是他。

　　男人显然对于我的反应没有预判，愣了一秒，笑了。他知道我那个反应是喜欢上了他。

　　可惜他不知道，我喜欢上的只是他像黎昌盛。

　　他说他姓赵，他说他叫馨德，他说这个商场是他的，让我从今往后只叫他的名字就好。

　　我接过他的名片，放开他的手，轻声说了"谢谢"。

　　我看着这个叫作赵馨德的男人对着李夕颜和童若影侃侃而谈，我看着这个男人叫水果盘，加热水，还有种种殷勤的举动。多了，多了，太多了，黎昌盛就不会这样，我在心里忍不住说。

　　那天的最后，当然是赵馨德送我们回去的，用了他黑色的奔驰车，和黎昌盛的那一辆一模一样。我闭上眼睛，如同第一次坐黎昌盛奔驰车的时候一样，静候接下去的命运。

赵馨德把李夕颜和童若影放下后，最后才送的我。李夕颜曾八卦地问过我，那天的最后是怎样，我跟她随口说了一个版本，我说我当时和一个叫作于永涛的男孩在同居，我没有让赵馨德送我到家里，我没有指出自己住在哪一栋，因为我不想让他知道我有同居男友的事实。于是赵馨德在小区里兜了一圈之后离开了，带我去了中山陵。李夕颜对这个故事很满意，我也对这个故事很满意。因为故事里我只是在这个城市奋斗的一个普通女孩，过着普通女孩幸福而又安稳的小日子，有个幸福的同居男友，没有黎昌盛，没有那段一年不到的婚姻生活，没有突然的离开，没有意外，没有骤然的分离，没有协议。

等你过了很多很多年之后，你会知道那些安稳、平淡、无聊的日子，才是人生悠长幸福的存在。至于那些戏剧般跌宕起伏的人生，相信我，你并不会热爱。

至于那晚的真相。

真相是李夕颜和童若影离开之后，赵馨德问我，你家住哪里之后，坐在副驾驶的我，回过头看了赵馨德一眼之后，我的左手便抓住了赵馨德的右手，再也没有松手。

对的，你没有看错，是我主动握起了他的手，和他十指紧扣。我贪恋这种感觉，仿若热恋，我愿意和眼前这个陌生的男人，有着和黎昌盛相似地方的男人，在这样陌生的一个夜晚，在未来还未到来之前，假装热恋一场。

当然这样的结果，一定是一晌贪欢。

在南京新街口的金陵饭店，我和赵馨德相拥而眠。

我知道你不想听这样的结果，李夕颜也不想听。如果你说，请不要这样，那么我会告诉你，那晚我们什么都没有做，我和赵馨德，在南京的紫金山顶，看星星看月亮，还有聊聊梦想。

那些爱情故事里都是这么说的，赵馨德对我动了真心，我也对他动了真心，于是我在他和同居男友之间挣扎着。

可是真相往往是残忍的，我和赵馨德滚了床单，他对我很满意，我对他也很满意，这一夜过得非常好。至于他有没有结婚，或者我有没有同居男友，我们彼此都没有问。成年男女之间，彼此不加牵绊地过了一夜，既算不上事故，也算不上是故事，顶多算是一个插曲，仅此而已，不要想多。

更何况，我并没有同居男友，感谢黎昌盛给我留下的那一百万，让我可以暂时不用和任何男人拥挤在一个屋檐下假装恩爱地生活。

至于于永涛，那不过是我经纪公司那个男会计的名字。他经常在发工资的时候给自己加戏，那么我就多给他一点戏吧。

我和赵馨德终于还是见了第二次面，在我们睡了一晚之后的一个月零八天。

你要问我这一个多月有没有想过赵馨德，我会很诚实地告诉你，夜深人静的时候，我的身体会想他。当然更多的时候是在想黎昌盛，但是身体会想念最近睡过的那个还不错的男人。

那天是一个公司的酒会，我被经纪公司安排去参加。我从来不拒绝公司给我安排的任何工作，毕竟黎昌盛留给我的钱有限，我只用来留着救急，平时我还是尽量能多挣一点就多挣一点。

那天我刚把邀请函出示给保安，转头进去的时候，就看到了赵馨德，自然他的身边还站着一位漂亮的女伴。赵馨德仿佛根本没有看到我。终究是他演技太好，我心里明白我已经输了一筹。因为我的眼神在看到他的瞬间，就迅速转移了方向，动作幅度太大，太过明显。

好在刘总也在现场，救了我的急。

"夏娃，你好，好久不见。"刘总总是这么真实，喜欢或者不喜欢，看到我的时候从不掩饰。此刻，我倒是对他有一点点喜欢，活得真实的人，从来珍贵。

"是啊，真是好久不见。"我以一个世纪未相见的热情，对着刘总微笑拥抱。

刘总有点意外，但是什么都没有问，抬起胳膊借我使用，我轻轻一拍，刘总便心神领会地放下，我和他默契地朝前走去。

赵馨德依然在和一个男士聊天，不过没关系，此刻我也没空理他。

不过刘总倒是意外地聪明，敏感地觉察出了我对赵馨德若有若无的兴趣，抬手大方地指着赵馨德介绍给我说："你看到了没有，他就是国贸集团的老板。"

我假装从未见过赵馨德，东张西望地问说："你说的是哪一个？"

刘总哈哈一笑，跟我闲聊开来。聊来聊去，不知为何，依然是聊着赵馨德，刘总说赵馨德最近又吞并了两个商场，又拿了两块东郊的地。

我上了一个洗手间回来，又遇到了一家4S店的老总，说是给我介绍几个人认识，转悠之间，就又转到了赵馨德面前。赵馨德饶有兴致地看着我。假装初次和我见面一般，和我握了握手。

等到我看到今夜和赵馨德同来的美女回来的时候，我就找了一个借口走开了。走路间，我感觉手包里的手机在震动。

我出门接电话，猛然间，却感觉自己的手被拉起，飞快地朝着黑夜奔跑而去。

我回头刚想大叫，一只大手紧紧地捂住了我的嘴巴。凭着这指尖的烟草味，我都能分辨出来这是谁，还有谁，可不就是赵馨德。

接下去的剧情有点老套，我不能骗你，但是那些都是真的，我哭了，闹了，委屈了，然后，和赵馨德接吻了。

接着便是莫名其妙地到了地库，坐上了赵馨德香槟色的保时捷卡宴。

多么好，我们去私奔，逃离人群，说爱，试着离开。

金丝雀

相信我，有人天生就是一只金丝雀，比如我。

我并不想做金丝雀，可是命运却一步一步让我走进旋涡，历史一次次重演，比如现在。赵馨德将我带到了一个欧式高层，然后开了一扇门。我犹豫着要不要走进去，终究还是走了进去。

我的手心里放下了一把钥匙，我看着赵馨德，轻轻摇了摇头。

这样的日子，我曾过过一次，我不想要第二次。更何况黎昌盛给了我黎夫人的头衔，而赵馨德除了这把钥匙还能给我什么。

但是赵馨德显然不是这么想的，他语速很慢，但是不容拒绝地告诉我："夏娃，我等了一个月零八天，不是为了等这一个摇头。"

我深深地看了他一眼，有一点点小惊讶，不是为了这个礼物而是为了这句话中无意中透露的小秘密，一个月零八天，他也这样清晰地记得。

我总是相信这样的细节，那些不走心无法记得的细节，那些细节可以恍惚中让人生出错觉，那种错觉叫作爱。

"那，今夜陪你一起的是……"我刚一开口，赵馨德便打断了我。

显然他很满意，但是又带着点责怪："你们女人都喜欢要一个解释吗？好吧，我告诉你，今天陪我参加的女孩是我秘书，陪我一起参加这样的活动也是正常。"赵馨德终究还是解释了。

男人是十分满意女人的小醋意的，显示他多么抢手和重要。

不过，男人往往想多了。谁在意，我只不过配合你演演戏，亲爱的，千万别想多了。

至于那把钥匙，自然是不能要。

当然这些，我是不会跟李夕颜和童若影说实话的，我只告诉你。

男人和女人之间，只要有一次床笫之欢，第二次，第三次就变得非常容易和熟悉。我自然没有和赵馨德同居，但是那段时间，赵馨德是我的固定床伴。

赵馨德自有赵馨德的能量，一天夜里，童若影的老公出了车祸，打电话到了我这里。我正在和赵馨德约会，奔赴过去，赵馨德三下五除二就搞定了，李夕颜和童若影对赵馨德徒然生出许多好感，纷纷劝着我赶紧和赵馨德在一起。于是我就告诉她们，我们在一起了。

至于闺密们知道的我同居男友于永涛，等等，马上他就上场了。

我妈突然身体不好了，打电话跟我说，要我回去看看她，顺便带一个男朋友给她看看。那个经常自己加戏的小会计于永涛，我跟他说让他冒充我半天男朋友，于永涛毫不犹豫地答应了。

生活总有些意想不到，我妈的身体急剧恶化，我顾不上和赵馨德打情骂俏。于永涛尽职尽责地扮演好了一个男朋友的角色，鞍前马后，甚至领假结婚证，做足了全套。我甚至有一种恍惚感，这个经常自己加戏的小会计，在我面前就是为了能够在我危难的时候，一跃成为我的男主角，这些我都来不及细想了。

接着，我突然发现我怀孕了，我心里非常清楚孩子的父亲是谁，出来混终究都要还的。

"我不介意继续假扮孩子的父亲。"于永涛小心翼翼地开口和我说。

我看到了于永涛眼中的请求，这种眼神让我害怕，因为我也曾那样看着黎昌盛。

"我想一下。"我不知道如何面对这个男的。

独处的时候，我还是在电话里告诉赵馨德，赵馨德的态度非常直接明白：孩子是要的，至于结婚是不可能的，钱一定是给足的。

非常好。

我也没有指望赵馨德能做点别的什么。我向赵馨德要求，帮我以最快的速度办理出国手续，随便哪个国家，我想要离开一段时间，然后在国外生下这个小孩，至于其他，命运怎么安排，我就怎么喝彩。

等一下，等一下，你看到的我马上就不是我了，接下来的故事，我希望你忘掉之前的我，之后的我名字将永远叫作唐夏娃。